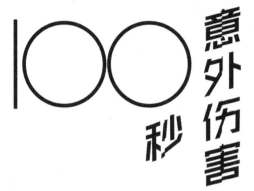

意外伤害

100秒

李昱萱————著

上海文艺出版社
Shanghai Literature & Art Publishing House

图书在版编目（CIP）数据

意外伤害100秒/李昱萱著. —上海：上海文艺出
版社，2018（2022.4重印）
　ISBN 978-7-5321-6696-1

Ⅰ．①意… Ⅱ．①李… Ⅲ．①中篇小说－小说集－中
国－当代 ②短篇小说－小说集－中国－当代 Ⅳ．
①I247.7

中国版本图书馆CIP数据核字(2018)第099091号

责任编辑：崔　莉　胡　捷
装帧设计：钟　颖
责任督印：张　凯

书　　名：意外伤害100秒
著　　者：李昱萱

出　　版：上海文艺出版社
出　　品：上海故事会文化传媒有限公司
　　　　　（201101 上海市闵行区号景路159弄A座3楼　www.storychina.cn）
发　　行：北京中版国际教育技术装备有限公司
印　　刷：天津旭丰源印刷有限公司
开　　本：890×1240　1/32　印张6.125
版　　次：2018年7月第1版　2022年4月第2次印刷
书　　号：ISBN 978-7-5321-6696-1/I·5163
定　　价：35.00元

目　录

失踪的ID　　　　　　　　　1

一万次杀死自己　　　　　　25

意外伤害100秒　　　　　　43

多巴胺魔法　　　　　　　　63

欺骗时间　　　　　　　　　85

A叔的故事　　　　　　　　103

触光　　　　　　　　　　　115

相反数之境　　　　　　　　139

沙穹之下　　　　　　　　　167

失踪的ID

儿子失踪的第五天，我终于打开他的游戏账户。

这个想法最早来源于替我立案的刑警。那时我坐在他对面，尽可能回想儿子消失前所有的动作。刑警按着圆珠笔的笔头，打断我："你儿子平时都干些什么？"

"打游戏。"我想了一阵，只有这个答案最为准确。

"那你就去问问他游戏上的朋友，知不知道他的动静，"他在案情表上散漫地写着，"16岁了，有行为能力，这不叫失踪，顶多算离家出走。"

离家出走？我的脑袋随着圆珠笔发出"啪嗒"一声，电视报道里看过的画面卷上来，无数个染着五颜六色头发、扛刀持械、表情乖戾的年轻人立在我眼前，我用力眨眼，分辨其中是否有儿子的身影。

"不会的，我儿子不是这种人。"

"我们会去找人，你自己这边也要多注意。"他的表情是一副司空见惯的漠然。

五天过去，我没有收到警察局的电话，各路亲友都问遍，我终于走投无路地坐到电脑前，打开那个名为"凰图天

3

下"的图标。

屏幕上，一条卷轴缓缓展开了水墨山河。随后几个奇装异服、金光闪闪的人蹿出来，拿着武器横空劈了几下，画面上显现"凰图天下"字样，下方是登录入口，用户名一栏填着"霄"，是儿子的名字，光标在空荡荡的密码栏跳动。

我输入他的生日，显示密码错误。用姓名缩写和学号颠来倒去试了一番，账号被锁住了。

开局不顺，我有些气闷，焦躁地划着手机，在通讯录中寻找可能知晓儿子去向的人。通讯录里最后一个联系人是"智信"，陌生的名字。我拨通电话，那头传来提前录制的广告铃声：欢迎致电本公司，想知道他的秘密吗？密码破解，就找智信；手机电脑，一网打尽，让狐狸精无处可逃！只有想不到，没有做不到！

看来我是打过这个电话的，我的记忆逐渐苏醒。

"哪位？"一个懒洋洋的声音传来。

"是老管吗？"我想起几年前为我服务的人似乎是叫这个名字。

"他不干了，这号现在归我管。价格不变，效率更高，"对方说，"要什么服务？"

"请问你们可不可以破解游戏账号的密码？"我小心翼翼地问。

"解一半300，全解500。你要哪种？"

"全解。"我说。

"什么游戏？几区？用户名是什么？"他很快抛出几个问

题，我悉数将资料报上。

"×，"那头说，"你丫挺行的啊，全区前50的大号也敢盗，不怕坐牢？"

"不不，这是我儿子的账号，他……他忘记了密码，让我帮忙。"我紧张地解释。

一阵仿佛驴叫般的笑声传来："姐们，没这么占便宜的啊。你拿这号干什么？"

"找他游戏上的朋友问点事情……"

"不准卖道具，不准装蒜骗新人，不准毁号主声誉，对方来找号立马归还，能做到？"

"行。"儿子要是能因为被盗号来找我，我求之不得。

"爽快！人有多大胆地有多大产，你付800，这单我就接了。"

我给他划账，转账页面上是一张胖乎乎的脸，用户名是"95年的智爷"，倒是和儿子差不多年纪。半小时后，我收到一串数字，智爷在下面说："新密码，大吉大利。"

我用6个8登上了"霁"。页面上是个银色长发的男性人偶，穿着铠甲长靴，眼睛上蒙着白布，背后是一轮发光的金色时钟，指针滴滴答答走着。把光标移过去，人偶开口说话："守护想守护的东西，是我成为英雄的原因。"右下角的"我的好友"选项跳动，点开是一条好友申请，智爷熟悉的胖脸再次出现，旁边跟着一条：姐，让我抱抱霁神大腿，哈哈。

什么东西？我皱着眉点下"残忍拒绝"。新一条消息跳出来，"霁子，你终于肯上线了？我以为你失踪了呢。"来自一个名为"人不傻钱也多"的账户，他的头像旁边带着一个奇特的盾牌，鼠标移上去，跳出释义：与该好友一同作战500场，获得友谊勋章！

猎物出现了。我在输入框里打：你好，我是郭霁的母亲。你是他朋友吗？我想问你些问题。很快我便收到回复：你好，我是郭霁的父亲。听说你是我老婆？发照片看看。下面还跟着一个做怪表情的熊猫图片，配字是：你这人挺搞笑的。

可以确定，先前脑海里那群头发五颜六色的二流子里，一定有这个人的身影。我索性找出户口本和身份证，拍照发了过去。那头沉默好一阵，随后对话框里疯狂涌出文字：阿阿阿阿姨，我错了，我是霁子的朋友，我以为他跟我闹着玩呢。

"你最近见过郭霁吗？"我直截了当地问。

"没有……我们是一个战队的，上周日聚了次会，结束后我就再没见过他。"

"你们在哪儿聚会？几点？"

"和平大道那有家叫酷爽的小吃店。约好下午两点钟，聚到五点就散了。"

这倒是条线索，我停下手算了算时间，这大概是儿子失踪前做的最后一件事。

"阿姨，他怎么了？"钱也多问。

"他失踪了。"我犹豫片刻，决定回答这个问题。

"失踪?? 怪不得他那天怪怪的……"

"有什么异常?"我心里一紧。

"那次我们聚会庆祝他打上谷主,他突然说他会消失一段时间,但他在他的谷主线路上埋了一条能找到他的线索,让我们去挑战。"

"什么是谷主?"主页上那个缓缓拨弄圆盘的游戏形象头顶挂着一串金色字体,也写着相同的词汇:第47谷主。

"这是我们这个游戏的一个设定,地图上有50个山谷,全区排名前50的人可以各占一个,成为谷主,被大家挑战。谷主可以设定自己山谷的故事情节、宝物掉落和挑战规则,就像自己开发一个游戏一样。霁子打了大半月,成为我们战队第一个谷主,可牛逼了。"

钱也多十分激动,页面上不停跳着他对谷主荣誉的赞美和艳羡,我不得不打断他:"他埋了什么线索?"

"不知道……我还没去打过他的线路。"

"有谁知道?"

"你可以问下那个'悠然自得',这两天他一直在打。"钱也多提供了新方向。

我从霁的好友列表里找到这个人。他的头像灰着,我给他留言,表明身份。又往上拉了拉聊天记录,试图找出他与儿子的联系。系统自动保存的七天聊天中,两人一度联系紧密,除了与儿子交流技术外,每到饭点和凌晨,悠然自得都会发来"去吃饭吧,别又犯胃病"、"早点睡,你妈要说你了"之类的话,而郭霁恭敬地回复"知道了,您也注意休息"。对话截止到五天前，儿子失踪的时刻，他对悠然自得说了同样的话：我在我的谷主线路里埋了一个秘密，请您，务必去挑战我。

这奇妙的对话让我怀疑悠然自得的身份。我点开对方资料，然而除了用户名外，他的所有信息都设置了隐藏，我一无所获。正在茫然之时，悠然自得的头像亮起。

悠然自得：你好，我是悠然自得。很遗憾，我也还没通关，不知道霁那个秘密的内容。不过，在这个游戏里，只要打败谷主就能知道他的全部信息，您若是着急，可以自己试试看。

"我不会打游戏。"我说。

悠然自得发来一个名为"凰图天下新手教程"的链接。

"我真的不会……一大把年纪了，也学不好这些东西。"我有些尴尬。

"您必须学。我刚查了查他这个月的游戏战绩，每到周日他就操作急躁，犯低级错误，整个人不在状态，而每周日是学校的返家时间，没错吧？"

我有些惊讶，他居然对郭霁的事程如此清楚："是郭霁告诉你的吗？你是谁？"

"他在家里产生了负面情绪，这大概是他选择消失的原因。如果我的猜想成立，那您一定跟此事有关。"

"你的意思是我害的？"

"他原本不是这种性格。变成现在这样，是您对待他的方式出现了问题。"

我心里噌一声蹿起火，手上速度快起来："我是他母亲，这十六年来他吃的每口饭都是我做的，每天晚上都是我给他掩的被子。我应该怎么对他，不需要您来提点。"

"可事情还是变成这样了，"他说，"您觉得自己是个好母亲，但郭霁失踪，您不知道他在什么地方。不是吗？"

我凝视着这行字，呼吸变沉。屏幕对面这个人的口气，让我无端想起前夫。他也总是这样一副牙尖嘴利咄咄逼人的样子，而我一次次被他的狡辩堵到哑口无言。

"我希望您可以去挑战他，这是您作为一个母亲应该做的事。一来，如果游戏秘密与郭霁失踪有关，自己亲自体验可以发现更多线索；二来，您应该试着去理解郭霁，用这种方式。您没有理由比我这样一个陌生人更不懂他。"

悠然自得自顾自说完一长段话，头像再度黑下去。而我憋着气，咬牙切着地在对话框输入："行，你等着，看我们谁先挑战成功。"

"当然是他啊！"

当我把我与悠然自得的竞赛告诉钱也多时，他迅速回复："阿姨，你这个等级，刚出新手村就会被人杀到渣也不剩，怎么可能去挑战霁子？"

彼时我的游戏人物正穿着麻布衣裳，用筷子挽出一个发髻，手握镰刀在家门口锄草，赚取第一桶金，头顶的 ID 号是：为母则刚。开发商为了游戏公平性，设定谷主不能用自己的账号挑战自家山谷线路，我只好再开一个账号，从头开始。我选择了和郭霁一样的游戏角色，但目前的朴素形象远不及郭霁主页上那个英姿飒爽的英雄。钱也多一身丝绸长袍，衣袂飘飘地站在我的庭院里，模具般的脸庞下大概是痛苦的表情。

"那我怎么才能赢？"我问。

"氪金吧，氪个几万，先把装备都买好，说不定还有戏，"钱也多说，"对了，还得找个大神带你，不过不是每个大神都那么好心的。"

"氪金是什么？大神又是什么？"

"就是花钱！给你的角色买东西，就能变强。你看界面右上角那个商城，里面每件商品都要靠真金白银买。大神是游戏打得好的人，比如我，嘿嘿。"

我点开商城界面，一溜儿金光闪闪的武器。其中一件名为"庇佑之甲"的商品售价极高，旁边标有"您的好友'人不傻钱也多'标记想要"的字样。

账号充值，确认付款，好友赠送。我熟练地点击鼠标。一分钟后，对话框页面被钱也多的感叹号铺满："阿姨！！您大恩大德……"

"齐活了吧？走，先带我出新手村。"我说。

其实也没有做不到的事情。

最开始的几天，据钱也多所言，"嗓子都喊干了，喝了一吨胖大海"。我的电脑音箱也被他喷到音质沙哑。从最初的"阿姨，您看能不能出招攻击一下敌方，就是右下角那个金色的圆圈圈，你点两下……"逐渐到"你开大啊！跑什么啊！"最后变成"卧槽你上去干什么！打得过吗！别坑啊！"不会放招、跑错方向、舍弃宝箱，每每被怪物一掌呼死，我便化成一丝幽魂看着钱也多独自战斗，语音频道里都会传来他哀怨的声音："阿姨，你真的不适合打游戏……"

深夜他下线以后，我再次开启游戏。一边确认手机里有没有郭霁的消息，一边看着屏幕里的自己被呼死，站起，又再次倒下，循环往复，直到天亮。

我大概从未如此努力过。

嘶——手起刀落，一条九头蛇歪着身子倒下去，嘴里流出绿色的血液。我收起镰刀，脚底下的经验值疯狂窜着，页面中央跳出小方框，"等级提升！LV.6 升级 LV.8"。

"厉、厉害了……"钱也多结结巴巴，"6级就打赢九头蛇，怎么做到的？"

"我研究了下，这个怪物的特点是会随着攻击间隙自动回血，而且每个头的回血速度和比例都不同，所以才难打死。我打它一百多次，算出回血最慢的蛇头是三和七，最快的是六和四，差距大概是一点五倍，所以同一时间内攻击六四三次，三七两次，就能使它稳定扣血。"我解释道。

"你怎么发现的……"

"我是会计，单位管账的。"

"阿姨，我收回之前的话。"钱也多发来一个跪下的表情。

跟随钱也多打完第一轮野怪，我看着面前琳琅满目的通关奖品，后知后觉地松了口气。上一次有这样的感觉，是在离婚后一个人搬家的时刻。我和郭霁围着大包小包的行李瘫坐，我大脑放空。这几年来遇到很多问题，每每觉得大难临头，但总是化险为夷。以为无法离开丈夫，无法重新进入社会，无法像年轻人一样打游戏，后来都一一做到。如今我心里无法越过的界限，也许只剩下郭霁。

一个月前我收到一通电话。来电者自称是我前夫的现任妻子，用小心翼翼的声音说我们俩共同的丈夫肝硬化严重，询问郭霁是否可以去医院配个型。

"爸爸他……?"郭霁坐在我旁边，听到对话内容，惊愕地抬起眼。

"郭峰为什么不自己给我打电话?"我问那个女人，同时抬手示意郭霁噤声。

"是我决定和你商量的，他并不知情。"

我冷笑："你有什么资格来问我要我儿子的身体?"

"小霁，你爸快要死了，也许只有你能救他，你得让他活。"她突然把话头转向郭霁，我立即摁掉电话，但郭霁还是在一星期后给我带回配型成功的检验单。

"你未成年，我不签字你没法捐献。"我给郭霁下通牒，我们俩开始从未有过的漫长的争吵。"你为什么不能理解我?"小时候缩在我怀里替我揩去眼泪的小男孩，如今痛心疾首地朝我质问，而我无法做出回应——因为我恨你爸背叛了我?因为我担心你捐献后你的身体?还是，因为你是我唯一能保护的东西，我要紧紧抓住这证明我人生尚有意义的光芒。

"出了新手村，接下来就能去霁子守卫的47山谷，那里一共有七道关卡，每道会有相应的奖品掉落，都是谷主自己设定的，难度也会相应加大。"钱也多向我介绍，"阿姨，你们要上演母子大战啦。"

我打开儿子的账号，查看悠然自得的游戏进度。他比我出发早，但一直卡在第三关卡，对话列表里有他给我留的言："好像有点不对劲。"我正想问什么不对劲，信箱里几百条来自其他挑战47山谷的玩家的留言给了我答案。

"这是什么弱智剧情？人设全崩了！"

"谷主你自己内心邪恶，别来祸害游侠好伐？"

"青莲观游侠为何惨变打砸抢烧小混混，究竟是人性的泯灭还是道德的沦丧"……

"青莲观游侠"是我和郭霁一同使用的那个银发蒙眼的游戏角色，在这个人物的传记中，他是出生于青莲观的一个普通少年，青莲观为妖龙所害，常年洪水泛滥，民不聊生，他挺身而出，以肉身与妖龙作战，妖龙用麟划瞎了他的双眼，却使他背后长出金色时钟，获得了时空倒流的能力，他在自己的时空穿梭，耗费十年才终于以凡人之力降服妖龙。青莲观重回平静，村民们交口传诵他的美名。这是凰图天下游戏中为数不多的普通人英雄，许多玩家被这点吸引，在传记的评论页里，有人说："玩游侠让我觉得，只要努力我也能做到很多事。"

我有些茫然，挑选一个最为愤慨的账号准备询问，下拉聊天界面却发现"霁"早已有了回复："你爱玩不玩，还敢来这里投诉，给你脸了吗？你们谁敢骂霁神，我智爷第一个不答应！"

智爷那张胖脸已经躺在霁的好友列表里。我愤怒地戳开他，对方嬉皮笑脸地回复："谁让姐你不愿意加我？我只好自己动手。一上霁神账号发现这么多人骂他，我一时没忍住……整个凰图天下我谁也不服，就服霁神的操作，居然还有人敢骂他！"

"既然你这么崇拜他，为什么还帮我盗他的账号？"我搞不懂智爷的想法。

"这不一样。拿钱办事是我的职业道德，"智爷说，"不过姐，你到底是谁啊？"

我再次把户口本和身份证发给他。智爷说："姐，从此以后你也是我妈。"

去你妈的。我打出这句话，这些平时我光听听就皱眉的话，在游戏的优秀教导下，如今说起来就像问好一样熟练。

智爷成了我的游戏好友，自愿和钱也多一起带我打怪升级，他告诉我，在霁设计的47山谷剧情中，游侠变成了一个祸害，为非作歹，坏事做尽，砸了青莲观的龙王庙，导致龙王生了恶疾，法力散尽，青莲观因此洪水肆虐。龙王之子担心父亲身体，前来青莲观调查，游侠为了自保，栽赃龙子为妖龙，呼吁村民们得而诛之。龙为了保护自己，与游侠战斗。游侠还耍计弄瞎了龙的眼睛。

"这么搞的确容易让玩家不开心，毕竟嘛，谁愿意承认自己是个坏人。"智爷说。闯关过程中，同样使用游侠这个

14

英雄的我也深切感受到了不适，在郭霁设计的剧情里，游侠纯粹是个反派，反而是遭遇诬陷的龙更像主角。

他为什么要这么做？我操作着人物，满腹疑虑。

"您必须告诉我霁子失踪的原因。"悠然自得终于通过了第三关卡，游戏进度往后走，他给我留言的频率也越来越高，"难道他并不是因为你阻止他打游戏才离家出走的？"

这是什么说法。我皱着眉回复："我没有阻止过他打游戏。郭霁很自律，他只在课业完成后才会开电脑休闲，我们从没在这点上发生矛盾。"这话其实不尽然，郭霁在这个月开始罔顾课业疯狂打游戏，而我只是碍于捐献之事没有做声。

悠然自得沉默片刻："他骗了我。"

"什么意思？你到底是谁？"

"于娟，我是郭峰。"屏幕上跳出一句话。

最后一次见这个名字，是在离婚协议书上。郭峰签上名，在我亲友们一片"狼心狗肺"、"花心萝卜"的辱骂下掩门离去，从此我们再也没有见面。他出轨的事最初是儿子无意中发现的，"爸爸和漂亮姐姐一起散步"。我起了疑，不动声色地叮嘱儿子继续关注父亲，并购买了密码破解服务，偷偷翻郭峰的电脑。他有定时删除聊天记录的习惯，我一无所获，只能靠儿子的描述掌握事情进展，逐渐发现证据。

"我最后问你一次，这是哪来的？"我拎着郭峰那条沾着唇印的衬衫问他。

"我不知道，我什么也没做。"他依然选择狡辩。

我死了心，留下协议书，带着郭霁搬家。果决地做完这一切，才开始觉出艰苦。那段时间里，我每天先去公司打卡，随后回家骑着电瓶车捎上郭霁风驰电掣地前往学校。学校八点五分上课，而我总是八点钟还在路上。每当准点到来，县城里那座为了美观修建的豪华钟楼便铛铛铛响起来，郭霁抱紧我的腰，说："妈妈，要倒计时了！"而我横下心在钟声里把油门扭到最大。

青莲观游侠的技能是"钟之回溯"，每次使用会传来铛铛铛的钟声，让我不断想起那段岁月。也许郭霁也是因为它才选择了这个游戏人物。

"你想干什么？"我问郭峰。

"这些年郭霁对我心有芥蒂，我试图化解，就学着他打游戏，在游戏里和他谈心，但他一直躲着我……"

"这会儿你终于知道你做的事情对儿子有多大伤害了？"我忍不住讽刺。

"不是的，于娟。我没有做那些事。"他仍旧这么说，"郭霁后来向我道歉，说当年那些事都是他编出来欺骗你的。他发现和你说我与异性交好，他就能获得奖励。有一次他说我和一个女生抱在一起，他拿到了一台游戏机。直到你带他搬出家门他才意识到这么做的后果，他不敢向你说出真相，担心你觉得他是个坏孩子。也不敢和我接触，觉得愧对于我。"

什么？我身体往后仰，椅子离开电脑半米远，手不由自主地捂住嘴。

"那个时候我已经有了新家庭。于是我安慰他，事情过去了，以后不要再做，也别太介怀。后来他没有再和我提过这事。"

"那那条衬衫……？"我手指颤抖，敲下陈年旧事。

"是他用你的口红抹的。散步也是，女人的短信也是。"郭峰说。

我眼眶逐渐热起来。

"查出病之后，我把工作辞了在家休养，但每天还是照常上游戏，怕他猜出我的身体状况，也怕他没人陪。最近他和我说，你受电视节目影响，禁止他打游戏，即使他每天只打半个钟头，你也依然责骂他，说他是不三不四的网瘾患者，还要把他送去戒网中心。他说你们总是吵架，我寻思着这要出事，所以前几天你告诉我他失踪了，我也以为是这个缘故。我气你把好好的孩子逼到离家出走，就怂恿你也去打游戏，但现在我发现不对，他把我们都拉到游戏里，然后把自己的游戏人物变成一个坏人，这不对——"

他是要告诉所有人真相。

游侠砸毁了龙王庙，导致龙子家破人亡。游侠把过错嫁祸给龙子，使龙子成为万人唾弃的对象。在原版的故事里，游侠被龙刺瞎了眼睛，郭霁把剧情倒转，把罪尽揽其身。

"他之所以和我吵架，是他想给你捐肝，我不同意。"我告诉郭峰，那头长久沉默。

我的鼠标停在青莲观游侠身上，他拂了拂银色长发，开口说话："守护想守护的东西，是我变成英雄的原因。"

"我早就原谅他了,他不需要这么做啊。"很久之后,郭峰说。

游戏打到第6关卡,无论如何通不过去。

"雾神归来"小分队中,我和新加入的悠然自得已经精疲力竭,钱也多除了每天一吨胖大海外,现在还要多喝一吨王老吉。连向来一毛不拔的智爷也氪了几十元金买了一把红缨枪,然而守关的烈焰青龙龙爪一抽这把枪便断成了两截。

"算了吧,做不到的,"钱也多说,"咱们四个死了八回了,那破龙只掉一丝血,凑不够百来人怎么可能打赢?"

这一关卡底下的评论大多也与钱也多观点一致,玩家们充满抱怨,觉得47山谷的攻打难度高得离奇,有人借此向运营商提出申诉,要求撤下"雾"的谷主身份,这项申请已经受理,运营商将结果公示,若七天之内,没有人闯关成功,"雾"的谷主身份将被替换。

那么我永远也不会知道儿子的秘密。我在桌下焦虑地抠着手指。

"大家辛苦,再试一次吧。"悠然自得说。其他两人气息奄奄,站在原地许久没有动作。我茫然地盯着游戏屏幕,世界频道里不断跳着对话,这里如此热闹,不同地域的人在同一个小小的方框里插科打诨,但我儿子在哪里呢?

"专业外挂,型号齐备,省时省力,横扫全场,有意私敲。"

一条消息进入我的视线,很快又被海量的信息淹没。我拉着世界频道，不断往上翻，眼里一点点跃出光。我找到那条消息，敲开发送者的对话框。

几小时后，一条公告出现在游戏主页横幅：本区玩家"为母则刚"被系统检测使用外挂，封停账号 7 天。

悠然自得：……

人不傻钱也多：……

95 年的智爷：我靠，姐，你为什么不照顾我生意？

"对不起。"我说。

"我知道你很着急，不过这么做是没有用处的。"悠然自得回复。

"阿姨被封号 7 天，这不就是说，霄子卸任之后才……"钱也多说到一半，噤声。

搞砸了。我对着屏幕自嘲地笑了笑，我到底在做些什么呢？儿子去向不明，母亲却在作弊打游戏，听起来真是失败。

铺天盖地的羞耻感席卷了我。我索性关掉电脑，倒在床上，什么也不管了，进行这一周以来最为漫长的睡眠。醒来时，我的手机已经被智爷打爆。

"姐，你终于接电话了！"那头是智爷兴奋的声音。

"出什么事了？"我头昏脑涨。

"我悠然叔出钱，让我拉一帮兄弟盗了一百个账号，在网吧包了夜，每人一台机子，让他们帮我们打第六关，你快上线！"

"……啥？"

"我说，我盗了一百个号！"

我一个激灵，从床上爬起，打开电脑。智爷已经丢了一个新账号给我，角色依旧是青莲观游侠，密码依旧是 6 个 8。

　　"……你所有账号都用这个密码？"

　　"对啊！多吉利！"智爷笑嘻嘻的。

　　我突然想到什么："对了，郭霁当时自己设的密码是什么，你还记得吗？"

　　"当然记得，我一直等着霁神回来我把号还给他呢，"那头一阵纸张哗啦的声音，"你记好啊，760124。"

　　是我的生日。

　　我怔住："你确定吗？"

　　"快上线吧姐，就等你了！"智爷催促道。

　　登录游戏界面，浩浩荡荡一百人站在第六关卡前，乌压压一片。我一边艰难地辨认着"霁神归来"小队成员，一边向众人问好："大家好，辛苦你们啦。"

　　"你就是那个游戏辣妈！"

　　"阿姨，我把我妈电话号码给你，你劝她跟你一起打游戏呗？"

　　"阿姨，说好了！打完这盘霁神一个个加好友哦！"

　　智爷在人群中振臂一呼："别贫了！大家伙抓紧干活，争取今晚打完，我估摸着网警正在追我的路上呢……"

　　游戏开始，一百个不同形象不同属性的英雄发动攻击，五颜六色的特效像一道道碾碎的彩虹朝烈焰青龙飞去，我来不及反应，被这隆重的场面惊吓，直到语音频道传来钱也多熟悉的叫唤，"阿姨，你开大啊！"我才赶紧戳下金色圆圈。

铛铛铛——钟之回溯开启，全队增加一次攻击机会。彩虹再次劈头盖脸地砸向青龙。

　　"仙人板板哦，怎么才掉这点血？"

　　"小心他的爪子！一勾你就死了！呀！怎么讲不听呢！"

　　"卧槽他霹雷了霹雷了！大家出魔抗斗篷顶一下！"

　　语音频道传来各种口音的对话，伴随嗞嗞的电流声，吼得我耳朵像是塞满蜜蜂。我的眼睛被花花绿绿的色块晃得发昏，停下来揉了揉。突然想到在警察局时，我面对"你儿子是离家出走"这句话愤慨的模样。

　　"我儿子才不是那种人！"

　　也许电脑屏幕外就是一群头发乌七八糟、表情颓痞的年轻人，不过，那似乎也没什么不好。

　　悠然自得阵亡了，一道惊雷劈在他所操作的武僧头上，九道戒疤变成十道。

　　"还是失败了，游戏打的没咱儿子好。"过一会儿，悠然自得敲开我的对话框。

　　"谢谢你。请一百个人要花不少钱吧。"我抱歉地说。

　　"没事，智爷给我打折了。"悠然自得随性地回复。

　　我犹豫片刻，还是决定说出这句话："之前的事，对不起，我应该信任你的。"

　　"我也替我妻子向你道歉。捐赠这种大事，应该尊重你的意愿。"

　　我思绪万千，却只回复一句："你多注意身体。"

　　"阿姨！回神啊！"钱也多一声惊叫，我赶紧切出对话框，来到游戏页面，正好青龙的龙爪朝我甩来，我的血条迅速下降，掉至底端，屏幕变成灰色，跳出小方框：您已阵亡。

"啊……"我怏怏地喊了一声，手松开键盘，心渐渐沉下去。屏幕突然再度跳出小方框：您的好友"人不傻钱也多"向您赠送"庇佑之甲"，您已复活。

"……啊？"我因这突如其来的变化感到茫然。

"复活啦！继续打！"钱也多提醒道。

页面再度变成彩色，我赶紧按下攻击键，同时愧疚地对钱也多说："对不起，小钱同志，阿姨再给你买一件……"

"不用了，这账就算在霁子头上吧。"那头一阵闷闷的小动物般的声音，我忍不住笑起来。

眼前站着的人越来越少，烈焰青龙的血量也不断下降，我再次按下钟之回溯，青龙仰头咆哮一声，慢慢地瘫下身子，战斗音乐弱下去。

"成、成功了？"钱也多不敢相信地看着，"不是说龙有九条命吗？它会不会复活？"

"白痴，那是猫！"有人骂了句。

妖龙倒下，最后一段游戏剧情在我们眼前展开：游侠刺瞎了龙子的眼睛，龙子流出血泪，大地为之恸哭。上神震怒，决定惩罚游侠，在青莲观降下三年大旱，三年大水，并使游侠堕入炼狱拷打。龙子可怜地方生灵，向上神求情，将游侠救出。游侠受到感化，领悟到自己的错误，决心痛改前非，弥补过错。他找到龙子，将自己双眼挖出替换给他，自己用白布蒙上眼，从此用心看世界。

画面显示完，眼前是一片空白。等了许久，依然如此。

"然后呢？不是还有第 7 关卡吗？"有人问。

我守在屏幕前，耐心等待，握着鼠标的手微微出汗。

突然，我的手机屏幕亮起来，来电显示是我心心念念的那个名字。

"喂？郭霁？是你吗？"我激动地喊出声。语音频道原先充满聊天调笑，听到我喊，顿时一片寂静。

"妈，恭喜你打到这里，我是第 7 关卡的守关人。"儿子的声音有些沙哑。

"我怎么才能通关？"我喉咙发紧，浑身因为激动而颤抖。

"游侠把眼睛给了青龙，获得了救赎。妈，我也想变成英雄，我无论如何都要补偿我爸。"儿子笑着，声音却听起来悲戚。

"你一直是。"我闭上眼，一句"我同意了"在唇齿间正要启动。

"——原本我是这样想的。"儿子继续说，"可这几天，我看您拼命打游戏，努力做自己不擅长的事，仅仅是为了一个想要玩具不惜撒谎欺骗父母的坏孩子。我突然觉得，我这个决定很自私。"

我面前的桌面突然出现水渍。我伸手捂住脸。

"其实，你也是受害者，需要我去弥补的人，并不只有我爸一个，"那边传来风响，"所以，妈，现在，我决定尊重你的决定。你通关了。"

语音频道里传来欢呼，一片"收工了收工了"的吵闹声

23

中，我长呼一口气，一字一顿地开口："我不接受。"

哗——又重回一片寂静，我甚至能听到世界各地不同角落里发出的呼吸声。

"你弥补我的日子，以后还多着呢，"我弯起嘴角，咸涩的眼泪流进嘴里，"现在这一关，你给我好、好、地赎罪去。"

我听到郭霁笑了。语音频道里愣了片刻，才后知后觉地再次庆祝起来。各种人的声音混成一片，热闹得仿佛过新年。钱也多喊着："霁子，我的庇佑之甲你可不能赖掉啊！"智爷用难得的庄重语气开始自我介绍："霁神你好，我叫黄智，今天这仗都是我攒的局，我能力不错的，希望……"说到一半，又开始冲大家吼："哎你们别吵吵！我跟霁神说话呢！"悠然自得在对话框里给我留言："我睡了，人老了熬不动夜。你好好和儿子聊天吧。"

我离开座位，握着手机来到窗前，外边已经渐渐有了亮色。我对着话筒，用凶巴巴的口气问："行了，小兔崽子，现在告诉我，你究竟在哪？"

郭霁笑得如同孩童，他像是举高了手机，声音一下子变得很远。

"这个藏身之地，可是我在你电动车后面坐了一年才发现的。妈，你听。"

铛——铛——铛——

正值清晨六点，震耳欲聋的钟声在我耳边响起，天亮了。

一万次杀死自己

【奇怪的病人】

"如果我是你，我一定杀了自己。"

坐下不到五分钟，我已经被面前的女人从头至尾羞辱了一番。她嫌恶我的装扮，黑框眼镜，短得毫无造型可言的头发，老土的格子衬衫，"一副上个世纪的样子"。五分钟前，我与助手确定预约名单时，她看见女人的名字，迅速黑下去的脸就预示了这是个不讨人喜欢的患者，现在我亲自确认了这点。

"听说你是这儿最好的心理治疗师，'使命必达陈老妖'，任何心理问题都可以解决。"她瞪着眼，"也许你把所有优点全堆在专业技能上了吧。"

除去嘴巴恶毒，女人看上去颇为理想。一身得体又不失韵味的职业套装，精心收拾过的黑色卷发散发着芳香，她的五官平淡，眼神却如同一个漩涡，黑漆漆的，深邃而神秘。我还未开口，手机先响起来，女友的头像出现在屏幕上，配合着甜腻歌曲《好想你》的节奏闪着。女人嫌弃的眼神更明显了，我把电话挂掉，朝她微笑道："抱歉女士，今天我需要提前下班，我们不能聊太久。"

"我没意见，反倒是你——说不定听完我的症状，你就会推掉下面的事，专心跟我聊天呢。"她仰起脸，表情懒洋洋的，藏着几分炫耀。

"怎么说?"

她眼睛里透出一股狩猎的光："我有个烦恼——我无法控制自己想杀人的欲望。"

那是一天工作结束，躺在床上准备休息的时刻。脑子里走马灯似的迅速掠过一天的情景，你发现无论今天过得怎么好，总有那么一两个时刻是你想删除的。严重如睡过头错过了一项重要考试，或在心上人面前打喷嚏撸出了一寸长的鼻涕。简单如等了一个漫长的红绿灯，或在别人相册里留下一张丑陋的面孔，生活的不爽之处取之不尽用之不竭。

"每当这种时候我就会想杀掉我自己。"她说。

女人的杀戮是用一种难以估计的想象力具象化呈现的。第一次发现这点时她才十岁，上小学四年级，上课玩红领巾走了神，被老师点起来回答问题，她答不出，全班都看着她窃笑。当天晚上她睡觉时这个场景一直在她脑海里翻滚，她以第三人称的视角看着自己不知所措地站在那儿，周围全是笑声。她无法改变过去，对这种令人羞耻的场景无比痛恨。"要是能毁掉这一切就好了"，这样想着，她看到视角像电影里的推镜头一般靠近了自己，越来越近，变换成一个脖子的特写，害她当众出丑的红领巾窝在那卷成一个嘲弄的形状。她犹豫片刻，伸手拉住了红领巾，用力往后扯着，大约三分钟后，年幼的她脸呈猪肝色倒了下去。

"之后我再也没有为那个场景感到羞耻，因为经历那一切的我已经死了。"女人说。

释怀了一切就可以毫无负担地重新开始——她第二天照常上学，和那些嘲笑她的朋友玩耍，心里并无异样，这种轻松感让她对屠杀自己的行为上瘾。"很多时候人就是给自己太多压力，才会过得这么辛苦。做错了事情，抹杀掉就好了，你在自己心里依然活得很干净。"她指着我，"比如刚才我批评你的穿衣风格，如果你心生芥蒂，一会儿去见女友就会浑身不自在。可是只要你杀掉经历这个场景的自己，你就依然是全天下最帅的人。"

我刚想问她怎么知道打电话的人是我女友，想想那首甜腻的歌，又觉得答案已经很明显。我跳过疑问，往下说："这种程度的羞耻，即使不删除也没关系吧。"

"哈，"她从鼻子里呼出一口气，"所有心理医生都这样跟我讲，你们真的不懂。"

那是橡皮擦，是润滑剂，是退格键。真的使用过就知道有多爽。"你能想象写一篇无法退格的文档吗?"她笑着看我，"那就是你们的人生。"拖着累赘的、错误的词语前行，整篇文章看起来艰涩。而她养成了定期删除的习惯。每天晚上检索一天中失败的事例，返回到那个情景里把自己杀掉，像剪掉绳子打结的部分。

29

"为什么可以杀掉她们?"我问。

"记忆就像你身体里的细胞一样,每到时间更换一批。你会随着时间忘记很多事情,那些悔恨的、羞耻的场景却能记得无比深刻,无法自行更替,只能手动删除。"她回答得很顺溜,显然已经解释过许多遍。

"那你第一天杀掉了自己,第二天出现在情景里的又是谁呢?"

"新的记忆中新生成的你——很多人以为有人体才会有记忆,其实恰恰相反,是记忆把你塑造出来。一个血型、基因、长相与你相同的人,和一个拥有跟你同样记忆和感受的人,你觉得哪个比较像你?"她目不转睛地盯着我,眼神狡黠,显然曾用这个问题问住许多人。

我没有回答,继续问:"你都是怎么杀死自己的?"

"各种方法都尝试过。用手,用刀,用药。有一次我洗脸的时候挤破了一个痘痘,一脸的血,我把自己的头按在水池里,看她在水里挣扎,水花四溅。我妈就站在一墙之隔的厨房里,跟我说别玩了,上学要迟到了。我真想知道在那段剧情里等她从厨房走出来,看到女儿在自己眼皮底下溺死会是什么表情。可是我一死场景就结束了。"

我顿了顿,很慢地说:"听上去真残忍。"

"你从来都不为死去的细胞哭泣,甚至在洗澡时要狠狠把它们搓掉,为什么换成记忆就不行了?"她挑眉,有些惊异我说出这样不顾职业操守的话。

"既然这样,那你为什么还要来看心理医生?"

她向后仰，整个人陷进沙发座椅里："与杀人行为无关，如果这是病灶，还不如说我是来治失眠的呢。我睡前有太多事情要干——要回忆的场景越来越多，细节越来越详尽，简直要把夜晚当成白天等比例使用。"

手机再度亮起，我伸手将它按掉。随后一阵敲门声，助手走进来，瞪一眼沙发上姿势不雅的女人，转头对我说："医生，36号患者来了，说想找你做复查。"

我愣了愣："这么早？你让她先回去，我这还没结束。"

"她说她要等你忙完，外头挺冷的。"助手表情为难。

"好吧，那我尽快。"我低头看了眼时间。

助手关门出去后，女人好奇地问："36号是谁呀？"

"我的病人。"

"你真是心理医生？太不会聊天了，"她啧了一声，"什么名字？男的女的？"

"我们不是朋友关系，我没有义务……"

"嘘！"话说到一半，她突然把冰凉的食指放在我嘴唇上，"别拒绝我。否则你现在见到的这个我，今晚就会被我杀死。"

她离我只有一只拳头的距离，鼻息轻轻拂在我脸上，我可以从她瞳仁中看到自己的表情，我没有勇气把她推开。

"她叫布丁，17岁，因为早恋而被学校处分。她的小男友叫齐乐，不负责任抛弃了她，导致她患上轻度抑郁，整天抽烟，半个月不和人说话。父母把她当作瘟神，拎到我这来接受改造，给我下了死要求：让她忘记一切，恢复正常。"

我与女人对峙一阵，最终选择和盘托出。

"那你治疗得如何？"女人问。

"我和她聊了几次，毫无成效。后来我准备对她用药，她突然就哭了，"我仰起头，与女人四目相对，"她告诉我，别让她忘记好不好，虽然记忆很痛苦，可是她不想忘记，不想忘记那个人，也不想忘记爱着别人的自己。"

"后来呢？你的选择是？"

"我对她进行了治疗。她现在是个正常人了。"

"听起来真残忍，"女人学着我的口气总结道，"17岁，真好啊。我17的时候也爱过一个渣男，不过我不像她这么矫情，我手起刀落，把自己救出苦海。"

"那么，你有没有后悔过？"

"什么？"她皱眉。

"被你杀死的自己，他们会不会像布丁一样，不想忘记？你有没有替他们想过？"

女人沉默下来，这通常意味着我找到了突破口。我紧盯着她，她的表情看不出异常，手伸进风衣口袋，掏出一包细长的女士香烟。我抬头示意玻璃门上"禁止吸烟"的标志，她毫不在乎，甩甩头发，叼着烟凑到我面前："别假正经了，看看你衣服。"

我低头，拍落衣服上的烟灰，从口袋中摸出打火机，给她点火："你还没回答我的问题。"

"就算我后悔也没用，"她吐出一口烟，我不适地扭过脸，"她们都是废弃物。我才是'现在时'，这副身体由我

32

掌控。"

我思索片刻，合上她的病历："对不起，我不知道该怎么治疗你的病。"

"'使命必达陈老妖'也会遇到难题吗?"

"这不过是虚名。"我朝她笑笑。

"还是说，其实事实是你碰到了同行，无法再实施诡计?"

我猛然抬头，惊愕地看着她。

"你之所以能解决这么多心理问题，是因为你跟我是同一类人。只不过我杀的是自己，而你杀的是别人，"她定定地看着我，"你潜入了委托者的回忆，用'杀掉加害者'这种作弊方法对他们进行治疗，没错吧?"

"我听不懂你在说什么。"我嘴角依旧勉强地勾着。

"36号不只是你的病人，她还是你的女朋友，"她眼底狩猎的色彩更浓了，"你杀了她的小男友齐乐，本来应该就此结束治疗，可你喜欢她，于是篡改了男友的脸，在她记忆中做新的'齐乐'，对不对?"

"你大概是电影看多了，我还有事，请你出去。"我站起来。

"你们这儿不让抽烟，你身上却有打火机;你助手进来时身上一股烟味，她刚见过的人是个烟鬼;她对我这个预约客户爱答不理，却对36号殷勤。你要是再不承认的话，我们不如回拨给你女朋友，看看门外会不会有相同的铃声?"她迅速列完证据，眼神凌厉。

33

"你想干什么?"我的声音冷下去。

女人将烟灰随意弹落在地上:"别紧张,我不想干预你的私人生活,我是来委托你的。"

"委托什么?"

"帮我杀个人。"

【她的记忆】

你问我为什么会知道你的诡计,其实这是别人教我的,他叫杨曦,是我的男友。

我太久没跟人讲过他的事,我得从很早以前讲起。

当我还在相信有圣诞老人的年纪,我父母离婚了。我记得那天我们一家三口坐在一块吃饭,我爸接了个电话,起身要走。我问他去哪,他说去工作,我妈哼了一声:"跟小孩子还扯谎,他是去陪那个婊子了!"后来他们就打起来,我爸摔门而去,我妈伏在桌上哭,我的童年在那一瞬间完结了。原来我的家和动画片里不一样,没有人爱我,我爸妈也不爱对方。在我学会屠杀自己后,我一直没有抹除这个场景,我需要用它提醒自己,如果害怕受伤,就少去爱人。但我并没有做到。

也许就像现实中杀人会沾上血腥一样,我们身上也带有屠杀者的气息,杨曦靠此找到了我。我们在一个聚会上碰见,通过彼此身上背负的尸骸相认,他越过熙熙攘攘的人群冲我开心地笑,那一刻真有点宿命的感觉。我忌惮曾经的家庭悲剧,一度躲着他,可他对我好,三天两头自己送上门来，我们只好越来越靠近。如今那些相处细节我都忘得差不多了——有关他的事我总是记忆模糊，虽然我从没有动手删除过。仔细想想，现在只有他告白的场面我还算是印象深刻。

他在一个夏天的夜晚把我约出来，那天热得要死，空气都成了固态，人走在路上像从果冻里挤出去一样。我们走了大半天山路，走到手电筒没电，我停下来，对他说我要回去，然后转身就走。他着急地喊了几句，紧接着"噔"一声跳进了半人高的草丛里，一整片萤火虫哗啦飞出来。老土吗？我还以为我穿越到了上个世纪的言情小说里，刚准备骂，看到他在草丛里冲我傻笑，一额头的汗亮晶晶的，就突然什么都说不出来了。

后来他跟我说，城市光污染太严重，他已经好多年没看到萤火虫，好不容易找到一片原生态发育地，赶紧带我来看看。还说如果我不同意和他交往，他已经想好了今晚的死法——倒在草丛里被萤火虫啃噬而死，为狠心离去的恋人呈现一座名副其实的"萤火虫之墓"。他没动过几次刀，说这话的时候自己也怵得慌，眉头皱起来。我有点想哭，第一次真切地感觉到这个世界上有人是爱我的。

那天回家之后，我闭上眼回想父母吵架的场景，父亲掀翻了桌子，母亲把碗摔在地上，幼年的我坐在小板凳上惊恐地尖叫。视角不断拉近，我看到自己张着的嘴里颤动的小舌头。我捡起地上碗的碎片，对准喉咙……以后我再也不会为了这个画面而痛苦。

我接受了杨曦的告白，让他知道这场屠杀。他一脸惋惜地告诉我，其实我不用这样对待自己，只需要把出轨的父亲杀死。他比我更早学会使用屠杀技能，摸索出了不少玩法，我们可以杀死受苦的自己，也可以杀死记忆中加害我们的凶手，甚至可以篡改情景，把凶手的脸化为其他人。如果有人愿意事无巨细地给我们描述他遇到的困难——细致到我们能想象出画面的程度，我们也可以替他排忧解难。在"回忆"这块领域，我们是无所不能的王者。

　　"只有一件事不行，杀死现在的自己，"他特意叮嘱我，"当你杀死'现在'，而'将来'还未来临，那么'过去的你'就会填充进来，代替'现在的你'。"

　　我和杨曦在一起度过了完整的四季。第二年夏天来临时，我发现他有些变了。尽管表面看上去与以往毫无差别，但他背上的尸骸却逐渐多起来。最近生活并没有不顺之处，我想他一定是瞒着我偷偷删除了什么。

　　我开始观察他，发现我们每次约会临结束时，他总会找到一个隐蔽、不易被打扰的角落，自己待上一会儿。大部分时候是在厕所，有时条件不允许，他也会对我说："我头有点痛，休息一下。"然后直接站在原地闭上眼。每次大约五分钟，正好是杀死自己所需的时间。更为可疑的是，他的短信变多，手机日夜不停地响着。他向我解释，说他订购了几份手机报打发时间，可我查他的手机账单，并没有相关记录。

　　我决定跟踪他。他很谨慎，可对配偶心生怀疑的女人像鹰，拥有超越人类维度的敏锐，我只跟了三次就得手了。这次换我隔着熙熙攘攘的人潮，一眼就看到了他。他和一个陌生女性手牵手，脸上露出带我看萤火虫时那种天真的笑容，我才明白他那五分钟的独处，是在杀掉与我约会的记忆，以便毫无负担地对这个女生展现温柔。

我向杨曦摊牌，他沉默很久后和我说对不起，他说他爱过我，可是爱一个与自己相似的人太沉重了。我身上血迹斑斑，那个陌生女孩背后没有尸骸，她干净得像一片雪地。唯有这个原因我无法反驳，我们挑了个下午，用来杀掉与对方恋爱的自己，以这种方式和平分手。杨曦如释重负地闭上眼睛时，我看着他，想着，这是唯一让我感觉到爱的人，可如今他选择不再爱我。

我爸摔门而去的场景又一次浮现在我眼前，他没有再回来过，杨曦也不会再回来了。

然后我突然想到杨曦对我说的话——当你杀死"现在"，过去的你就会代替现在的你。

我承认我很自私，那一刻我眼前瞬间亮了一下。我几乎没有犹豫，就做出了决定——把回忆的场景设定到现在，我面对的不是我与杨曦相处时欢乐的每秒，是杨曦提出分手的此刻。我要杀掉"现在"不再爱我的他，让他回到以前。

我闭上眼，想象自己冲上前，伸手掐住杨曦的脖子。

"你这是谋杀！"我抑不住激动的情绪，说话声音陡然变大。

"就算是，你又能怎么样呢？我只是抹除了他一段感受，在法律上没有人能判我有罪。"面对我的愤怒，女人表现得很镇定。

"那你为什么还要来找我？你不是已经得逞了吗？"

"我请你来，不是为了杀他，是为了杀我。"

"什么？"我怔住。

"我抹除了杨曦的现在时，可我没有料到他从此就没有将来时，永远地活在了过去。除了爱我，他无法学会任何事，记不住新单词，掌握不了新技能。但是没有人会等他。我杀他那年，我们还在用直板诺基亚，现在苹果每年更新换代，他却享受不了。我今年已经30岁了，我也无法等下去了。"女人捋捋头发，将第二根烟掐灭。

"所以你想忘记这个累赘？"

女人皱眉，语气不满："当然不是，在你眼里我这么坏吗？"

我低下头，因她猜对我的想法而暂且熄火。

"仔细想想，我如今的生活太无趣了。不停屠杀自己，于是从未痛苦过，从未羞耻过。我手上有什么是真实可触的呢？也许只剩下杨曦了吧。我用卑劣的手段保证他永远对我忠贞热忱，可他现在留在原地，我却一个人向前走了。你问我有没有后悔，这可能是我唯一后悔的事。"女人眼眶渐渐红起来，她再度摁亮打火机，试图用火光掩盖自己的失态，"我应该和他一起活在过去。"

"这么做有什么意义？他已经被你毁了，你不必再赔上自己。"我内心挣扎着，最终还是劝了一句。

"我要回去，告诉他，证明给他看。我已经逃避了很多次，这次我选择面对。如果可以，我也想变成那片雪地。"女人露出恬静的笑容，仿佛已经见到爱人。

我沉默一阵，再度开口时声音沙哑："你凭什么觉得我会帮忙？"

"我在向你祷告呢，你不会拒绝的，不是吗？"她语气戏谑，眼里却带了几分恳求，"你可是当代耶稣啊。"

【他的记忆】

女人茫然地睁眼看着周围时，我把她嘴里叼着的烟取下。那支烟已经烧到尽头，一碰，稀松的烟灰簌簌落落洒在我衣服上。

"我这是在哪儿？"她皱着眉。

"女士你好，这里是陈氏诊所。对于您主诉的失眠情况，我刚才用神经治疗法进行了引导，效果不错，"我把事先准备好的药给她，"给您开了点苯巴比妥，您先吃一周，下星二来复查。"

她接过药，表情依旧迷茫。

"杨先生在外面等您。"这么说了之后，她终于迟钝地恢复神智，嘴角挂起微笑。

我拉开了门，做出送客的手势。

女人离开后，我在洗手台旁接捧水搓了搓脸，水珠顺着鼻梁滑下来，落到嘴里，咸的。助手走来，提醒我 36 号还在原地等待。我把脸埋在水中，过了许久才重新仰起头，换了一副阳光的笑容。

"我现在就去见她。"我闭上眼睛。

再度睁开眼时,我坐在满当的桌椅中,穿着一身宽松的校服。黑板上写着"2004 年 7 月 2 日",窗外落满蝉鸣。女人再次出现,站在教室外探出个头,随后蹦蹦跳跳地向我走来,眼睛弯起,说话时带着撒娇的尾音:"齐乐,我等了你老半天!"

"对不起嘛,老班拖堂了。"我挠着头朝她不好意思地笑。

"真过分,你知道今天是什么日子吗?"她扁着嘴。

我伸手将她拉进怀中:"当然知道。生日快乐,17 岁的布丁女士。"

"讨厌,外面还有人呢!"女人嗔怪。

"没关系,让他们看吧。"我这样说着,眼睛却失神地望向窗外。

布丁,女人,她们是同一个人,她们都是被你杀掉的自己。

你在 30 岁那天找到的陈医生,实际是个庸医,听完你的经历,判断你患有精神分裂,提交了"建议送往精神病院"的诊断书。你为了不被医生带走,紧急行动,抹除现在时,于是现在的你消失了,被你抹除的成千上万个过去代替了你。

肩上的尸骸重新站起来,无数个伤痛时刻复苏,在那以后我看到的你,无一不是深陷在痛苦中。我和三十年来每一个时期的你相处，把所有令你难过的事修改成美好的结局。我变成齐乐，和你把恋爱谈到大学结束。我变成你的父亲，与你母亲重修旧好。你把我困在时光囚牢之后，我又变成陈医生，妙手回春完成了你的心愿，看着你幸福地离开。

我穿梭在无数个你屠杀过的影子里，在你遇到一切困难时变成那个"耶稣"。我赔上我的一生用来修复你的伤痛，只希望你在每一个节点都幸福，因为我无比爱你。

——尽管我终于在今天知道了我"无比爱你"的原因。

我们最终都要为身上的血腥付出代价。

诊室中是我能见到的最后一个你，修补完她之后，"布丁"出现将代表新的轮回。你的人生不可能再往前走了，只能在无数过往中反复逡巡。我的人生也是一样，得知真相，却无法抽身，只能很快忘记，然后再度扑身向你。哈，也许我不是耶稣，我们都是西西弗斯。

"我跟你说话呢！"额头一个叩击，疼痛让我回到眼下的情境。

"什么？"

"我问你，如果哪天你不爱我了怎么办？"布丁嘟着嘴看着我。

"我不会不爱你的。"我苦笑着。

"万一呢？"她撒着娇，不依不饶。

"那我就杀掉我自己。"我把她抱得更紧一些。

意外伤害100秒

头撞在挡风玻璃上的那一瞬间，我发现了两件怪事。

　　第一件怪事是，前方路口的红灯秒数突然从 5 秒变成了 89 秒。我在 17 秒时踩油门蹿出去，即使被撞车子经历几轮翻滚，也不至于度过一整个绿灯间隙。难道是时光倒流了？这么想的时候，我看见第二件怪事，破碎的后视镜照出一个斑驳的人影。那人我半小时前见过，他背着一个木架子，在堵得水泄不通的二环路上兜售饮料，我从他那买下一瓶冰红茶。而此刻他坐在电瓶车上，装满饮料的木架子随意绑在车后座。他远远地看着我，手上握着一块方形物体，在阳光下闪闪发亮。我的头被挤在安全带与座椅之间，无法偏转方向，只好一直盯着后视镜，男人朝我走近了些，嘴唇翕动着，像在念什么。

　　红灯秒数从 89 开始缓慢减少，到 70 秒时突然停止了。那人收起方形物体，骑着电瓶车离开。之后，我听到救护车的声音。

　　医院检查结果是颅内出血，幸好送得及时，捡回一条命来。即便听起来凶险，可于我而言，只是在医院躺了两星期，大大小小的针扎了一通，也就没什么事了。我向医生说起那天所见的奇怪景象，他认为这是我神经受损产生的幻觉，我也就不再细究。比起这个，老爷子在我出院后把我的驾照和所有车钥匙锁进柜子，勒令我日后出门只能使用公共交通，才更加使我头疼。也是因为这样，我宅在家里的时间陡然增加，以至于第一时间收到了那个莫名其妙的快递。

寄信人一栏填着"意外伤害银行"，地址和电话都空着。我以为老爷子给我买了车祸保险，打开却看到一小块电极，还有和那天奇怪男人手中所持一模一样的方形铁块，其下压着一张纸条，上书：你有权收回 1.2% 的秒数利息。被医生打消的疑虑重返心头，我拿起那块方形物体研究一番，直觉告诉我要找到那个行为古怪的男人。

车子被拖去检修前，我的个人用品曾被打包寄送回来，其中就包括那瓶喝到一半的冰红茶。我把它拿出，用手指细细地摸了一遍，在瓶底凹进去的部分找到了透明胶粘紧的电极，我越发确信此事与那个男人有关，而瓶盖上的标签纸印着"家家乐超市"的字样，暴露了他身处何地。

全市一共有两百多家家家乐超市，我根据"二环路附近"、"会经过拥堵街道"、"交管力度较弱，可以骑电瓶车载货"等因素筛选，最终确立了几家。当天下午，我抱着那份可疑的快递，坐着公交一家家询问。有关"骑着电瓶车买很多饮料的中年男人"这种特征，一位老板娘激动地给出回应："那个人啊——我知道。每次过来买一堆饮料，每样只拿一个，自己吃嫌多，批发量又太少，不知道是干吗的。"

在意种类丰富而不是数量充足，对于小摊贩来说未免有些奇怪，老板娘表示此人每天下午三点左右来一次，算算时间，就快到了。

说话间已有辆电瓶车在店门口停下，我躲在饮料柜后面，从花花绿绿的商品间隙中看着那人走进来。他跟老板娘打了声招呼，随后径直向这边走，两手熟练地交替拿着饮料。他个头不高，理一个毫无造型可言的平头，手臂只有麻秆粗细，看上去没有什么危险性。我松了口气，向他走去，刚说了声你好，把方形铁块扬出，后半句话还没来得及问，他看了我一眼，立即丢下饮料转身逃跑。

什么情况？我头脑当机一阵，下意识地追上去。医生嘱咐我大病初愈不宜剧烈运动，可当我想起时，我已经追着他跑了两个街区。此刻我站在一个小区里，面前一排外观一模一样的居民楼，而他不知去向。我不抱希望地随意挑了一栋楼往上走，心里做好了失败的打算。巡了一圈，毫无发现。我看了眼手表，时针指向三点，我刚要往下走，忽然面前房间响起复杂而悠扬的铃声。

那铃声密密匝匝，音色各异，仿佛屋里放了一百来个闹钟。谁需要这么多闹铃？谁如此在意时间的流逝？我站在原地思索一阵，听到声音中夹杂着秒针"嗑哒嗑哒"转动的声响，想起那天男人在我车后嘴唇翕动的样子，刹那间猛然明白过来——他是在读秒。

我出了一身冷汗，四下寻找，视线锁定了消防柜。我冲过去，拉开玻璃门，扛出一只消防栓，然后大步走到屋子前，砸向门。

门拉开了，我高举着消防栓，却是一个小男孩站在门口。他眨巴着大眼睛看我，一身皮肤白惨惨的："叔叔，你找谁?"

我的力道松了一半，悻悻地放下消防栓，探身向里望，屋内果然装满了大大小小的时钟，此刻正一同喧嚣着。而与时钟一样多的便是那种方形铁块，它们被安置在屋内各个角落，像无数黑色的箭头，对准小男孩。

"你家大人在吗?"我问。

"我爸爸出去了，马上就回来。"小男孩脆生生地回答。话音刚落，刚才那名男子便出现在下一层楼梯处。

他见我立马站住了，脸色凝重。小男孩雀跃地试图踏出门迎接他，被他严厉喝止。我握紧消防栓手柄，随时准备攻击。而男人与我对峙了好一会儿，钟表的声音横亘在我们之间，他忽然叹口气，慢慢地展开了眉目。他的神情垮下去，人缓缓爬上来，拍拍裤脚上的灰，轻描淡写地对我说："进来吧，记得脱鞋。"

有关方形铁块的事，杨国兴说，他最初和我一样，也是通过车祸了解到的。

两年前，他们一家三口自驾游，儿子点点买了一架玩具遥控直升机，坐在后座和妈妈一块研究。杨国兴看着俩母子叽叽喳喳地讨论，感到平和而幸福。然而下一秒，点点按下遥控器，直升机骤然起飞，不受控制地在车内横冲直撞，杨国兴被干扰，视线移开几秒，等回过神，面前一个巨大的黑色影子朝他们罩过来。

"我妻子抱着点点，他们一人手里拿着遥控器，另一人抓着直升机，两个人都闭着眼，我怎么叫都叫不醒。我去看那辆肇事车，发现它的车牌，T78169，闪动了一下，突然变成T20145，然后是21144，22143，23142……你能听懂吗？以中间的'1'为界限，两边的数字一边递增，一边递减。"杨国兴比画着，我萌生一个猜想，渐渐毛骨悚然。

"我赶紧打电话求救，可那时候我们在山区，救援队伍调不过来。我只好自己动手，一直等到数字变成65100，才把点点刨出来，我妻子那时候已经断气了。我突然意识到，那个数字就是他们可以获救的时限，我妻子不知道通过什么，把这个时间转移给了点点。"杨国兴郑重地看着我，帮我证实我的猜想，"后来数字又变成64100，63100……点点时间也不多了。我抱着点点一路往山下跑，我看不到点点的时限，只能尽全力跑着。幸好在山脚下遇到一户人家……"

杨国兴停下来，看着在一旁玩耍的点点，叹口气："那次事故之后，点点身体就一直不好。而我忘不了那天的奇观，买了一大堆同样的直升机玩具回来做实验，找出了电极和接收器的连接关系。遥控器和玩具本身，其实是个很简单的电流原理，之所以会呈现奇怪的数字变化，是因为我们人体本身就具有'意外伤害100秒'时限保险。只不过这个时限需要电流的接通才能显现，也可以通过电流来相互交换。遭受侵害时，首先启动时限保护，时限用完，伤害才会直接投射给身体。如果在时限内获救，就能保全性命。"杨国兴翻出一大摞生物资料，"要是说得太玄乎，你把它理解成免疫力程度就行了。只要有免疫力，人体就不会被病毒打倒，而但凡没有免疫力，再普通的侵扰也会变得十分危险，100秒保险就是100%免疫值。后来我给点点又做了一次接通，发现他只剩2%免疫值，难怪一直好不起来。我只好到处蝇营狗苟，从别人那儿偷点免疫值来。"

"所以你那天，是在偷我的时限？"

"对，电极黏在饮料瓶底，我带着接收器跟着你。"

"为什么是我？"

"我一般选择开好车的年轻人下手，他们家境好，从小没吃过苦头，免疫值高。"

"你怎么知道我会出意外？"

"你开车急躁，概率大。我从来不蓄谋，都是捡漏。"

"我不相信，要是真有这回事，为什么这么久从没人发现过？"我反驳。

"第一，很少人会在发生意外事故时，身边刚好有一个闭合电路。第二，通常来说，在事故里看到不符合常理的事情，后期都会被判断成臆想。毕竟时限只有处于危急情况中的当事人看得见，倒计时还总是幻化成其他事物。第三，这件事并非没有人发现过，你要是去调查电工的生活，他们中很多人都会跟你提到倒计时的存在。况且——"杨国兴敲敲我手中的纸条，"你以为这张纸，是什么样的人发给你的？"

我低下头，看着"意外伤害银行"的抬头，艰难地思考了一会儿："按照银行的规矩联想一下，这是贷款或储蓄100秒保险的地方？"

杨国兴点点头。"'比其他人更难死'这么具有诱惑力的事情，怎么可能不形成产业。数值低的去买时限，数值高的拿它换钱。这玩意儿就像暗网一样，正常人看不见，实际上非常繁荣。做的事情利润巨大，见不得光。"

"那你为什么不去交易，要出来偷？"

"这几年需求大，提供者都是狮子大开口，你看我这样，像是付得起的人吗？"杨国兴指指自己身上廉价的衣物，"也是因为如此，另寻出路的人越来越多，银行利益受损，干脆一不做二不休，直接给受害者发邮件，告知他们真相，并许诺他们可以去拿施害者的时限利息，诱骗他们惩罚不守规矩的人。"

"那……"我还想问点什么，满屋子的闹钟一起响了起来。杨国兴伸手制止我，转头望向点点："点点，到时间了，该去洗澡了。"

小男孩欢快地跑过来，一头扎向父亲怀抱。杨国兴把点点扛起，带往洗澡间，又转过身对我说："你也一起来吧。"

虽然不知道为什么要看小孩洗澡，但我还是跟了上去。洗澡间很小，一张豪华浴缸占去了三分之二的位置。杨国兴把水放满，问点点："今天想要什么模式？"点点按下几个按钮。

"这是电流按摩，泡温泉用的那种，正好，省事。"杨国兴向我解释。

点点脱好衣服，呲溜一声钻进水里。杨国兴并不避讳，直接在我面前宽衣解带。他瘦得整个身子只剩下肋骨，一排排根节分明，像笔记本上的横条纹。杨国兴慢慢攀进浴缸，弯下腰把头埋进水里，点点熟练地一个大跳，腿跨在杨国兴脖颈处，把他压在身下。这一切发生得太快，我看得目瞪口呆，而点点却是一副习以为常的样子。

　　大约三四分钟后，杨国兴原本在水下仿佛凝固的身子不安起来，他手脚扑腾，背部扭动，而点点咬牙发狠，死死把他按住。又过了一阵，铺满蒸汽的浴室玻璃开始显现数字，"02:56"、"03:55"……点点专心地凝视着数额的变化，直到它变成"20:38"，点点翻身跃下，把爸爸从水中扶起，熟练地掐人中，挤腹水。

　　"叔叔，我爸爸说溺水的时候不要惊慌，人体有自然的浮力，可为什么他每次都沉下去啊？真是累死我了。"

　　"你们……每天都这样吗？"

　　"对呀！"点点俏皮地对我笑了笑。

　　按压将近五分钟，杨国兴吐出一口水，猛地睁开眼睛，一边剧烈喘息，一边紧张地望向点点。

　　"多少？"

　　"20。"

　　"好，够撑一阵子了。"杨国兴如释重负地闭上眼，过一会儿又睁开，疲倦地对我说："现在轮到你了。"

　　"什么轮到我？"我充满疑惑。

　　"你不是拿那1.2%的利息来了么？"杨国兴虚弱地笑笑，

"我的行为跟小偷没区别，那就要讲他们的规矩。被抓住就要还东西，挨打要站直。"

我怔了怔，低头看着手里的纸条。"我记得我的数值是从 89 变成 70 的，对吗？"

"记得还挺清楚，那么——"

"为什么只拿这么一点？当时的情况下，你完全可以多拿一些。"

"谁家命不是命啊，好好活着吧，"杨国兴看着点点，深深叹口气，"我唯一想全部吸干的，只有那个车牌是 T78169 的家伙。这个人到现在还没被抓到，每次去警局，他们都给我打哈哈。要是哪天让我逮着——"

杨国兴眯起眼，表情变得恐怖。

"你还要维持这种状态多久？"

"多一天是一天，总不能看着自己儿子去死，活着多宝贵啊，用什么手段，都要活下来才行。就算是犯了错，也得活着赎罪。"

我低头思考一阵，不知哪来的冲动，伸手撕掉了纸条。

很长一段日子里，我想起那天自己的行为，都认为这是典型的斯德哥尔摩症，并为此羞愧。但我没有悬崖勒马，反而出于好奇心，开始频繁探访杨国兴，听他说更多有关于意外伤害保险和银行的奇闻。直到某天杨国兴把我拉进一个聊天群，给我一套装载蓝牙、可以连接全市相同频率信号的器材时，我才发现，得病的不只我一个。

群里大约有二十几人，ID 都为"代号—秒数"的格式，看起来像一堆炸药。群名叫希望工程，简介填的是：延续爱与希望。杨国兴告诉我，这是一个低数值人群互助群，大家都游走在死亡边缘，于是惺惺相惜，有人求助都会尽量帮一把。我看着那一排三四十秒数的 ID，陷入沉思。杨国兴让我把自己的数值报低一些，躲避不必要的风波，我想了想，还是如实填写了。

隔三岔五，群里会有人发言，"城中区，代号 D35。刚刚切菜伤了手，大出血，求 5 秒应急"，下面跟一排回复，有钱的吃药，没钱的撞墙，各个角落里有人握着电极通过自残向别人传送微薄的时限。凑够之后，发言人会表示感谢，记住每个帮助他的人，并在对方遇难时给予帮助。这个群像一个江湖。点点拥有罕见的 2% 数值，任何微不足道的伤害都可能使他丧命，于是杨国兴在群里求救最多。

"不好意思，大家，点点从沙发上摔下来了，数值在减少"、"点点洗脸时呛着水了"、"点点玩弹珠，手指骨折"……半年来，我看到各式各样匪夷所思的受伤，直观感受到时限匮乏的后果，因为起点过低，无论杨国兴给点点输送多少时限，秒数依然会在一次次受伤中流逝。

这段时日，杨国兴把点点圈在家中，整日闭门，把所有家具包上一层棉布，将伤害最小化，试图让儿子的数值稳定。一切安全而无趣，我是唯一的不和谐因素。去他家次数多了，我和点点逐渐熟络，他缠着我问外面的事情，我告诉他时下热门的游戏和玩具，充满新鲜事物的广场，一切都超出了他的认知。他只能孤独地坐在房间里，凭空想象，自娱自乐。家里的玩具，点点把玩了两年有余，终究逃不开失宠的命运，后来点点时常做一个动作——掀起窗帘，凝视窗外，阳光亮得刺眼，他会在那站很久。

终于有一天，点点对杨国兴说："爸爸，我想出去。"

彼时杨国兴已经被意外伤害银行标记破产，本地新闻也开始调查"车祸后的神秘包裹"事件，正道黑道一起堵死，向他人索取终究不是长久之计。杨国兴抽了几包烟，迟迟没有松口，直到点点的诊断说明出来——时限匮乏，用科学的说法展示，是"心脏衰竭"，病危通知连着一同下来，医生告知，如若保守治疗，还可活一月。

24 小时待在医院，浑身插满管子，被药物灌得迷迷瞪瞪，方可维持一个月的喘息。点点爬上阳台，半威胁半乞求，朝父亲哭出来："满足我的心愿吧。"

去看山，去看河流，在死之前。

深夜，杨国兴在群里发了最后一条求救：明天我带点点去旅行，行程大概三天，恳请各位能够最后一次为点点保驾护航，拜托了。

我从家里搬出来，带着蓝牙接收器住到宾馆，整日握着手机。杨国兴出游之后变得开朗，一天要说几百句话，聊天列表里满是他的字体，偶尔夹杂着几张点点的照片——采着花，抓着蜗牛，笑得很开心。他多日未接触阳光的皮肤，在镜头中几乎透明，看起来不像人世间的孩子。杨国兴滔滔不绝地说着与点点有关的事，他出生时的模样、小时候的趣事、还没有现在这般虚弱的时候所捣的乱。他们表现得像一对平凡的父子，尽管这种特质看上去更让人心酸。

第一次危机出现在出行首日。草丛里散布的荆棘划伤了点点的腿，幸而并无大碍，群里一位年轻女性在腕部划了几刀便填补了空缺。随后每一次预警，都有成员自觉上阵。第一次登山，第一次漂流，冒着风冲过丛林，躺在沾满露水的草地上看星星……行程过半，群里三分之二的人挂了彩，他们的秒数朝着 30 以下骤降，而点点在最后一晚的夜雨露营中发起高烧。

"可惜了，我们这次上山，本来是想看日出的。"

杨国兴发完这句话便没了声息，仿佛已经做好准备迎接必然的死亡。窗外大雨滂沱，群里一片寂静，我看着自己 ID 后原封不动的"70"字样，深吸一口气，敲下一句话："这次就轮到我吧。"

"你搞清楚啊，小孩现在是发高烧，跟之前不一样，你丢 50 秒进去都不一定有用。"立即有人劝阻我。

"我想尽些力。就算没用，我暂且也受不到什么实际伤害，不过是数值少一些。"

"虽然你现在是正常人的数值，但蹚了这趟浑水，以后可就离不了互助会了，你想好了？"有人问。

"没问题。"

"我要有 70，我谁都不给！你是杨国兴什么人啊，这么舍得？"他们说。

"你们呢？你们为什么帮他？"我问。

群里又寂静了一会儿，隔着屏幕也能体会到他们的欲言又止。我码出一段话："我家境还算优渥，兴趣爱好是开着跑车满街乱窜，跟杨叔认识，也是因为出车祸被他逮到。对我而言，生活很容易，我不太理解'努力去做一件事'的感觉。后来我看到他为了救儿子，每天把自己塞在浴缸里溺毙。我挺震撼的，也很羡慕那种拼命的劲头，想要成为这样的人。今天我终于可以试验一下了。"

这段话发出去几十秒，渐渐的开始有人回复。

"我从小没爸爸，不知道父爱是什么，看到他对自己孩子这么上心，也很感动。"

"上次我出事，他儿子住院都没顾得上，先转了点秒数给我，我必须得报答一下。"

"规矩不就是这样的么？不去救人，到时候就没人救你。"

"谁都想活，互相理解吧。小哥，算我一个。"

"我活到这岁数，也是烂命一条了，不如送小朋友看看太阳。"

回复的人越来越多，逐渐地组成一支队伍。

大家集体朝杨国兴发讯息，后者被炸出来，还处于迷茫的状态，我们已经开好了群语音通话，记下了对方的住址，开始一场声势浩大的"自杀狂欢"。

我从背包里拿出准备好的木炭，把门窗关紧，用毛巾塞住缝隙，拿出杨国兴给的设备，握紧电极，接收器调至点点的频道。点燃炭火的时刻，耳机里传来风的呼响，大抵是有人出了门，几秒后，有人在话筒里问："三楼够不够啊？再高我怕残废——"

"大雨天的，你出门握电极，小心一个雷劈过来，数值直接清零。"有人骂了他一句。

"我算过了，我憋气时间最长是两分14秒，这次我决定多加五秒，我水已经放好了，你们帮我算啊。"

"我这把刀有点钝，伤口割开总是合上，你们得等我一会儿……"

"各位，"杨国兴声音有些颤抖，"虽然我很感谢你们，但请一定注意分寸，数值跌倒20，无论如何不能再——"

哔。有人给杨国兴设置了禁言，大家爆发一轮笑声。

我跟着笑了一阵，眼前一花，炭火在面前燃烧出"69"的字样，我渐渐说不出话来。

杨国兴无法发言，只好在页面中疯狂打字——"点点醒了，意识很清醒！"

"他说想喝水，发烧的人能喝水吗？"

"现在天有点亮了，我们决定出发，赶紧上山。"

"下雨天会有太阳吗？如果没有……"

"你们还好吗？"

耳机里说话的人越来越少，我头晕目眩，耳鸣乌隆隆在脑袋里响着，几乎握不住手机。火花燃烧出"35"，然后是34、33……我努力打起精神，想要看清数字，但眼前黑得像盖了层帘子。

此时此刻，这座城市里有多少人在进行自残行为——若是明天一起送医，会引发什么样的社会新闻呢？要是他们知道，这些年龄不同、身份各异的人，突然集体自杀，不是因为邪教，不是因为传销，是想让一个小朋友在生命的最后一刻，再看一次日出……

……好吧，我也觉得自己傻。

可我不得不这么做。

"点点的数值已经到 38 了，你们所有人，赶紧停下！"

年轻的女孩在细白胳膊上又割一道口子。

"不说话的，我已经打急救电话了！"

躺在浴缸里的人猛扑出水面，咬咬牙又扎进去。

"我们到山顶了，天气预报说，再过十分钟天就亮了！"

楼梯间里，中年男子弯下腰，左脚绊右脚，顺畅地滚下去。

"我看到光了！"

失去意识的前一秒，我手握着接收器，锐利的边角对准玻璃，用全身力气扑向窗户。

睁开眼睛的第一刻，我就看到了老爷子的脸。

他用手摸了摸我，确认我是真的醒了后，忽然间老泪纵横。

"你日子过得还不够好吗？有什么想不开的，为什么要这么做啊？"

他八成是误会了。我懒得解释，吃力地指了指放在一边的手机，示意老爷子给我拿过来。

现在是早上九点，日出早已经过了。

杨国兴在页面上留下一段话，尚未有人回复，大家的头像正在陆续亮起。

"点点是早上七点零五分离世的。光线出来的时候，他的心跳开始停滞，刹那间满天的云都幻化成了数字。你们知道那有多美吗？云聚在一起，又散开，整个天空都是倒计时。5——4——3——2——然后，太阳就升起来了。红光浇了我们满头满脸，目光所及，整个世界都成了红色的海洋。点点说，感谢你们。"

我关掉群聊，页面中跳出一条私密讯息，依旧来自杨国兴。他郑重地再次对我说了一遍："谢谢你，你会成为善良而勇敢的人。"

回到家，老爷子把柜门钥匙递给我。

"真是怕了你了，锁你的车，你就跟我来这套。拿去拿去，都还你。"

阔别半年的爱车居然会因为这个原因重新回到我身边，真是塞翁失马。我开心地接过钥匙，恭恭敬敬地给老爷子鞠了一躬："感谢老爸。"

老爷子面色凝重地看着我："车可不是什么好东西，两次了，都是因为它……"

我敷衍地应允着，打开柜门。

柜子里整齐地放着我的两本驾照，一排车钥匙，还有一块蓝色的破旧的铁皮。

那是一张两年前弃用的车牌。

我耳边突然又浮现杨国兴的话。

活着多宝贵啊——用什么手段，都要活下来才行。

老爷子拿出驾照，随手翻了翻，皱着眉："你怎么还留着原来的东西？赶紧给烧了，现在查得多严。"

就算是犯了错——

"你懂什么，最危险的地方就是最安全的地方，没听说过吗？"我笑嘻嘻地看着他。

也得活着赎罪——

我把驾照从老爷子手里夹出来，重新丢进柜子，锁好柜门。

你说的每句话，我都无比认同——

"老爸，我最近知道了一个很适合投资的银行……"

多巴胺魔法

“请您在这里签字。”

工作人员把笔交给父亲时，路小易浑身舒爽，而母亲却一脸凝重，拦住父亲伸出去拿笔的手，又问了一句："你们保证安全是不是？如果小易戴这个铁玩意儿戴出问题，你们是要负法律责任的。"

“路妈妈，实验绝对安全可靠，如果您不放心，可以随时联系我们把机器取下来。”工作人员眼睛微微眯起，露出一个友好的笑容。路母张嘴欲再问些什么，路父不耐烦地打断她："行了，想那么多，这都五月份了，你看他这样子还有救吗？"

父亲的手指向路小易，后者毫不在乎地耸耸肩，嘴里发出嗤笑。

“想让倒数第一的儿子在一个月内考上大学，我看你们才是没救了。”

“这可不一定，”工作人员将签好字的协议收入文件夹，转向站在背后的路小易，"只要充分利用，让你考入重点大学也不是难事。"

"你们这些搞传销的都这么敢说吗?"路小易讽刺道。

"不仅敢说,我们也敢做。路同学,我是你的指导师秦凡,接下来一个月请多指教。"秦凡站起身,朝路小易伸出手。

"一个月内解决所有学习问题"这种虚无缥缈的宣传语,只有自家的傻爸妈才会信。

尽管这样想着,路小易还是依照秦凡的要求,向学校请了整月的长假,把满抽屉的课本塞进书包,与自己的一众狐朋狗友告别。"兄弟我快活去了。"他喜滋滋地炫耀。同桌庞洋抱怨:"路哥,你走了我可就是倒数第一了。"他满不在乎地建议:"快找秦大师也去你家签个协议。"那时,他真心以为自己可以逃离高三的校园,在家度过一段自由自在的时光。

当天回家,秦凡已经在路小易房间搭好了实验器材。一个接满导线的头盔状的物体泛着诡异的色泽,悬挂在书桌上方。"头盔"后盖被掀开,秦凡站在前面调试着数据,按键滴滴响着,一切看起来都像是科幻电影里的景象。

"这是什么?"路小易皱着眉。

"你的学习好帮手。"秦凡头也不抬,淡淡地说。

"不会是要在我脑袋里植入什么高科技芯片吧?考试的时候帮我报答案那种?"路小易凑上前,拿起一根导管在手里把玩。秦凡按下按键,后盖屏幕上显出一排数值,"饥饿值 59%、排泄欲 96%、疲劳值 23%"。

"这机器知道我憋了泡尿?"路小易有些惊讶。

"准确地说,这机器会让你忘记撒尿。"秦凡把路小易按在座椅上,将头盔嵌入他的脑袋,头盔红光四射,路小易仿佛被电击了一般,脑袋里顿时嗡声大作。

"考虑到我上次的介绍你没有认真听,我决定再给你讲一遍。这是个压抑本能的时代,人们需要大量的咖啡、压缩饼干、止痛药来压抑自己睡眠、饥饿以及疼痛的本能,去完成想做的事情。如今生产各种压抑本能产品的商家越来越多,但他们都想错了——咖啡喝的再多,人也会有困倦的时候。本能和欲望一样,宜疏不宜堵。我们公司正是认识到这点,才开发出这款'Light magic',从压抑本能,变成利用本能。把人类对食物、水、睡眠等事物的追求转化成对眼前工作主动的、自觉的、不可抗拒的'完成'本能。以你为例,你的父母为你设定的目标是'进步300分'。带上这个机器以后,你不再会感到饥饿和疲倦,排泄功能也会有影响。但你会源源不断地有学习的欲望。"秦凡随手摊开一本英语习题,抽出签字笔,塞进路小易手里。

路小易刚想说"不",一张嘴却吐出几个单词:"Apple,blue,happy……"

"看来你这些年都没好好学习,记得的单词还是小学水平。"秦凡拿出一本笔记本,开始记录路小易的实验反应。

路小易大脑一片空白,心里如同装载真空般澄明。他听不到任何声音,只是被什么力量牵引着,下意识握紧笔,低着头,嘴里念念有词。

"He，他，he 的宾格是 him……一般现在时转为过去完成时……系表结构……"

英语老师聒噪的中年女声在耳边响起，无数不明其意的词语涌入脑海。路小易大脑飞速运转，手里也开始沙沙写起来。每做完一题，他停住手，胃部便会传来如同饿了几顿才会有的灼烧感，头部几天未合眼似的阵阵发麻，膀胱胀痛难耐，而这些症状只有在开始下一笔时才会消失。路小易被不适感驱使，哆哆嗦嗦地持续写着，感觉自己像个机器人，"学习"如同电流般，代替了进食、睡眠和排泄的欲望。

不知过了多久，秦凡再度掀开仪器后盖，输入一串数据，红光暗下去，路小易大脑逐渐清醒，他的手还紧紧地攥着笔，声音颤抖："你对我做了什么？"

"让你感受一下'利用本能'的魔力，是不是好久没写过英语题了？"秦凡顺手拿起习题，翻了翻，皱起眉，"只有这个正确率的话，我的任务真是紧迫啊。"

"什么利用本能！你们是在控制别人的思想！"路小易叱骂着。

"看来我们想法不同。在我的理解里，这是'予人玫瑰'。你渴望考大学，却没办法自己努力，我来帮你而已，"秦凡表情淡然，"我们所有人都会有想做却无法做到的事。"

"我才不想考什么大学！"路小易吼着。

"既然机器已经设定了这样的任务，无论如何，它都会让你考上的。"秦凡像对待什么有生命的物体一样，轻抚着"头盔"，那姿势令路小易不寒而栗。

"这是私刑！我要退出！我拒绝实验！"路小易跳起来离开座位。

"决定权在你父母手里。"

房门被敲响，路母站在门外，忧虑地朝里面望："秦小姐，先休息一下吧，让小易吃个午饭。"秦凡笑了笑，打开一旁的冰柜，里面整齐地码着一袋袋乳白色液体，套着输液管和针头，"路妈妈，你没有好好看我们的协议吧。往后的一个月，小易不再需要吃饭了。"

伏地魔，法西斯，人间地狱。

路小易在巷子里枯等半小时，庞洋才带着一包红双喜姗姗来迟。路小易来不及骂他，就先急哄哄地扯开烟盒。庞洋给路小易点火，幸灾乐祸地问："怎么？不是回家快活去了吗？怎么又跑出来了。"

"快活？老子现在只想离家出走。"路小易猛吸一口烟，闷闷地说。

"那个机器不好用？"

"好用，特别好用。我现在不会饿，不会困，就想着学习，一不学习就浑身痛，连悬梁刺股的功夫都省了。"

"这么神奇？"庞洋拍拍路小易的肩膀，"看来你是要考清华北大了。"

"清华北大？橙子去考还差不多。我只是图不上课才陪他们玩，哪晓得这么折腾。"路小易恶狠狠地啐了一口，顿了顿，忽然换了副口气，"对了，橙子最近咋样？"

"不咋样。听说跟男朋友分手了，整天神思恍惚，昨天还被老班骂了。"庞洋平静地说道，路小易却一下激动起来。

"他把橙子甩了？我早就说过冯琦不是什么好人！花花公子，不知道橙子看上他哪点了！"路小易丢下烟，用脚狠狠碾着。

"聪明呗，人家奥数拿过国家奖，我等怎么比得上，"庞洋打个哈欠，闷闷地说，"我也不懂了，不是都说'男人不坏女人不爱'吗？到她这怎么反了。前几天7班的冯二狗追她，结果橙子说什么？"

庞洋捏着嗓子，假模假样地学了一句："'你能考进×大我就跟你在一起。'"

×大？路小易怔了怔："那不是冯琦的高考目标吗？"

"就是，人家尖子生的象牙塔，冯二狗这种，可能吗？还不如直接要了他这条狗命。"

路小易低下头，消化着庞洋的话，左手习惯性插进裤兜，摸到一个硬硬的小玩意儿，他手指一滞，恍然间明白这是什么。

直到现在，路小易还清晰地记得初次见到橙子的情景。那是高一的校运会上，作为体育生被特别招录进校的路小易理所当然地包揽了所有赛跑项目。然而当天他贪睡晚起，来不及吃早餐便来到赛场。第一场男子1000米跑完，路小易眼前已经腾升起一片片黑印子，走向另一赛道的脚步发虚。

老妈以前说过什么来着，他有低血糖。

"同学，你还好吗？"身边突然有声音，路小易循声望去，看到一个扎着马尾、个子矮小的女生。

"你脸色不太好，还能比赛吗?"对方下意识搀住他的胳膊。

"没事。"路小易不自然地把手抽出。女生像是想起什么，急急地丢下一句"等我一下"，转身就跑。路小易并未留意，走向赛道，长吐口气，猛甩甩头，在起点处热起身来。裁判吹响第一遍哨，比赛还有三分钟开始。赛道两边人头攒动，一个矮小的身影钻上钻下，终于探出毛茸茸的脑袋。

"同学，接着!"是刚才的女生。她挤在人群中，头发散下来，气喘吁吁地把一块面包、一瓶牛奶丢给路小易。裁判吹响哨子，语气严厉:"那边的同学，说了多少次了，不准进入赛道!"女生扬扬胸前挂着的工作证，嚣张地回嘴:"老师，我是校务队的程梓! 我在正常工作!"

橙子? 路小易在心里默念了一遍，干燥的嘴唇似乎被清甜的果汁滋润了。

女生很快再次钻入人群，消失不见。而路小易那场比赛最终因为"刚吃完食物就剧烈运动导致的岔气"而宣告失败。结束后路小易寻着赛道往回走，在女生刚才站立的地方捡到一个蝴蝶结发卡。往后的两年，程梓与奥数班的冯琦恋爱，而这个发卡一直待在路小易口袋中。

自己无法成为女生喜欢的人，路小易很早就认清了这个现实，就像他很早就意识到自己不适合读书一样。既然事实如此，他就不再努力，这种省事的解决办法是路小易的处世哲学。但现在，一切似乎不一样了，如果吃饭睡觉都可以变成学习的动力，所有事情都有了可以改变的迹象。

"你能考进×大，我就和你在一起。"

×大啊……

路小易在口袋里摩挲着那个发卡，把它握得温热。

——也不是不可能吧。

"我要回去了。"路小易突然站直身子。

"不再抽一根？"庞洋有些惊讶。

"不了，总抽红双，真次，"路小易眼神坚定，"现在我想要点好东西了。"

秦凡怎么也不明白，为什么前一天还砸毁机器抗拒实验的忤逆分子"DT43号样本 路小易"，只隔了一天就像换了个人。她还没来到路家，对方就已经在书桌前坐好，握着笔咬牙切齿地演算数学题。秦凡特意走到仪器处，确认机器处于关闭状态，更加疑惑之时，路小易转过身来，认真地问："秦凡，这个实验的原理和操作规范是什么？我想找到更高效的模式。"

如他所言，"利用本能"也分为不同阶段，路小易现在所承受的是最为基础而粗暴的一级。直接将生理需求转化为"完成的动力"，效果明显且可控，只要用营养液维持生存，长年累月地转化也未尝不可。唯一的副作用是，实验结束后，由于惯性，实验者会比普通人更难察觉到饿或更难入眠，但几乎不影响正常生活。而更高级的阶段则难以达到这种效果。

　　"如果进入第二阶段，机器为了高效转化，会开始使用除了生理反应外的其他本能。比如，人在情绪激动时产生的肾上腺素、多巴胺，以及……"秦凡读着笔记本里的实验记录，路小易开心地打断她。

　　"等一下，这就是说，只要进入第二阶段，我除了不写作业会觉得头疼胃痛以外，开始写的时候，还能变得巨hight，"路小易眼睛放光，"这种好事怎么能放过？"

　　"你别高兴太早，第二阶段转化率过高，如果中途终止计划会造成极大的副作用，肾上腺素这种分泌物恢复起来也比饥饿感困难得多……"秦凡翻了翻笔记本，声音变沉。

　　"放心吧，我可不会中途停止，"路小易将"头盔"套在脑袋上，"我一定要考上×大。"

　　开始第二阶段转化以后，路小易一度怀疑，秦凡不从一开始就给他设置这个模式，一定是与他有私仇。

　　毕竟，这个阶段实在太轻松了。

　　如今的路小易，写一张试卷会有打一盘DOTA的感觉，背诵数学公式时浑身蹿出一浪又一浪的快感，有时奋笔疾书写完一篇作文，一摸裤裆，熟悉的湿漉漉的感觉使路小易觉得自己大概是要名垂青史了。他在机器下坐的时间越来越长，从协议规定的8小时，变为10小时，12小时，有时需要秦凡呵斥才愿意解下头盔。"你有完没完，我还得回家呢。"秦凡指指外头漆黑的夜色，而路小易嬉皮笑脸地道歉，告诉她："秦凡，你真伟大，这个机器要是正式发行，得造福多少学子啊。"贪图享乐的脑袋自从相信"学习使我快乐"以后，不再需要饥饿或困乏作为推动力，成为一架自行运转的永动机。偶尔他与庞洋通电话，嘴里流利地背出一篇英语课文，让对方目瞪口呆："路哥，你真的要考清华北大啦。"

Light magic。名不虚传。

三十个日夜里，机器把路小易额头两侧勒出了褐红色的印子，后来他一手握着笔，一手插在口袋中摸索蝴蝶发卡的位置，就这样走进高考考场。答题时路小易脑海里响起欢快的音乐，女生轻哼吟唱的柔美调子，他不自觉地露出微笑。

七月初，家里收到了红信封。母亲做了一大桌菜，父亲满脸笑容地握着秦凡的手，一边感谢一边把银行卡塞入她手中。秦凡在路小易房间忙活，一根根仔细拆卸机器导管，路小易在旁看着，人很沉默。实验结束后，他已有半个月没碰过机器，情绪莫名消沉，电脑游戏打得意兴阑珊，也拒绝了庞洋的各种KTV邀约。

"怎么？金榜题名，反而不开心了？"秦凡问。

"养成了转化惯性，一时间调整不来，"路小易闷闷地说，"你接下来去哪里？"

"去扬城。有个客户想用'Light magic'戒酒瘾。"

"那我们之后不会再见面了？"

秦凡头也不抬，从笔记本里抽出一张名片："我的联系方式，需要二次实验，费用加倍。"

"我之前就一直想问，你为什么要做这个实验？"

"这是我爸的心愿。他生前一直在研究转化技术，可惜没能坚持到实践阶段，"秦凡将机器放入手提箱，"我得替他完成这个。"

"那你自己呢？"

秦凡怔住，好半天才说："我想什么并不重要，重点是我会完成。我的人生早就不是我能决定的了。"

他们最后坐在一起喝了杯酒——那是实验前路小易偷偷藏在床底的，如今他已经可以光明正大地畅饮，但这瓶酒味道不尽人意。秦凡在开饭前拎着箱子离开，路小易把名片塞入裤兜，与蝴蝶发卡一起，随后便被母亲拉到桌前坐下，面前的碗满满当当，而路母依旧执著地堆叠着："可怜我的娃娃，一个月没吃过正经饭。现在终于解放了，来，吃一块排骨，你以前最爱吃的。"

路小易吞下那块浓油晶亮、散发香气的肉，嘴里却没有任何满足感，像是嚼了块纸。

直到开学，路小易才把录取通知书和蝴蝶发卡带到程梓面前。彼时两人站在 × 大校门前，程梓拖着行李箱，看到路小易惊愕得半天说不出话。

"橙子，我做到了。"路小易凝视着程梓的脸，把三年来的情愫滔滔不绝地说出来，从运动场上的相遇，到为了她整日挑灯夜战——当然，隐瞒了 Light magic 的存在。他流利地吐露着一切，内心却平静无比，心情尚不如当初背诵《逍遥游》时澎湃。

北冥有鱼，其名为鲲。鲲之大……

路小易逐渐走神，停止说话，眼睛却一点点亮起来。

"谢谢你，可是……"程梓小声地说，"你不是我喜欢的类型……"

"你喜欢什么类型？"

女生低下头，像是陷入回忆，语速变慢："生物很好，会写诗，头发软茸茸的，笑起来露出一个虎牙。爱好是解常微分方程，弹琴的时候，眼睛里好像藏着银河……"

程梓说到一半，眼眶微微发红。她所言的一切特征都与冯琦契合，路小易有些恼火。

与那种做任何事都很轻松的天之骄子不一样，我这种人，可是连及格分都考不了，做事懒散，被周围人指责唾弃也毫不在乎的——

因为喜欢你，我完全变了一个人，不吃不喝拼尽全力达到你的要求，现在你却对我说，你喜欢那个毫不费力的家伙。

路小易咬着嘴唇，有点可怜自己。

冯琦要在半个月后的新生晚会上进行钢琴表演，全校师生都将目睹他的风采，想来那时程梓只会陷得更深。此刻路小易看着程梓眼睛里盈满的泪水，心底凭空冒出一股胜负欲。

"弹钢琴，写诗，解方程，都不是什么了不起的技能，"路小易语气笃定，"只是这些的话，我也可以做到。"

路小易把蝴蝶发卡重新放入口袋，手指触到名片锐利的边角："那个钢琴表演，我会把他换下来。"

我要努力去做你喜欢的人。

×大生物工程系一年级新生路小易，刚开学就请了半个月假，在校外的琴房租下一处带钢琴的隔间，入住后再未见他出过门。

"直接调制第二阶段。"路小易戴好头盔，平静地对秦凡说。

"短期内多次进行实验，风险很大，你想好了？"秦凡掀开机器后盖，输入"半个月内达到钢琴演奏水准"的任务。

路小易点头，闭上眼睛。

实验比起上一次来说艰难得多，过多的本能转化使路小易身体麻木，机器时常传来"动力不足"的警告。被迫修整时，路小易百无聊赖，只好点开高中校园论坛，寻找冯琦当年的表演视频。冯琦果然是个风云人物，输入关键词后，跳出了十余页的搜索结果，路小易随手点开一个，画面中男生娴静地坐着，运指如飞，而路小易的视线却被他的额头吸引。

冯琦为登台而梳的大背头发型下，额头两侧露出熟悉的棕红色印记。

路小易脊背发凉。

路小易把秦凡的名片寄给冯琦，换来了与他的一次见面。

与路小易的讳莫如深相比，冯琦显得很坦然。面对路小易的诘问，他平静地回复："如果你一直被要求成为第一名，就能理解我为什么这么做。"

事情开始于三年前那场奥数比赛，那时冯琦还不是万众瞩目的天之骄子，仅作为班代表参加比赛竞选。比赛名额有限，省城学校的学生更有优势，冯琦并未怀揣希望。然而父亲看重国家级奖项的荣誉，连请三个家教为冯琦补课，断掉了儿子所有娱乐项目，动辄打骂。"连考试都考不好，你活着还有什么意思？"受不了高强度的学习，冯琦在深夜偷偷喝了半瓶洗衣液。

"那味道像是喝了加肥皂的油漆，"冯琦笑笑，"我吐得满地都是，很快就被发现了，送到医院洗胃。那时候秦凡在医院做生物研究项目，听说我的事情，向我抛出橄榄枝。"

如果有轻松达到父亲要求的方法，你愿不愿意尝试？

后来发生的事逐渐不可控制，需要讨好的人越来越多。拿奖，弹琴，应付无穷无尽的请求。最严重的时候，他的Light magic同时开着七个任务，所有生气被机械榨干。冯琦最终变成师长眼里品学兼优的好苗子，父亲谈到他时会赞许地点头，然而代价是不可逆的。

"有一次我妈煎鱼，油溅起来，在她手上烫出一串火燎子，我当时就在旁边。她叫得撕心裂肺，喊我去拿点冰块来，我站着不动，心里想，好麻烦啊。"冯琦直勾勾地盯着路小易，"我对我妈，已经没有爱的本能了。你明白吗？"

他无法相信自己变成一个没有情感的人，事后又做了各种实验。加入生物小组，频繁地解剖兔子老鼠，他心里毫无波澜。在一众追求的女生之中挑选一个看上去最可爱的交往，两年下来，也最终因为毫无感觉而分手。

"再也不能理解任何讲述情感的电影和书籍，友情、爱情、亲情，所有事，都感受不到，我身体里那些爱的本能，全部都转化成了一个又一个奖杯。听上去很令人绝望吧？但实际上也没有什么可抱怨的，我只不过是在感情充沛的失败者和人情淡漠的成功者里，选择了后者而已。"

"那你现在和你爸有什么分别？"路小易讽刺道。

"大概区别只有我比他年轻吧。我会走跟他一样的路，读最好的大学，进最好的企业，活成他的骄傲。然后等他死了，我就拿我这么多年获得的所有奖杯，一下一下，把他的脸砸烂。"冯琦露出了今天最为灿烂的笑容。

"你真是个怪物……"路小易鄙夷地瞪着他，"橙子应该为喜欢过你而感到羞耻。"

"那么你呢？你又差我多远？"冯琦意味深长地看着路小易，"你好好想想，开启第二次实验，到底是为了追求程梓，还是为了赢我？"

路小易像被击中要害，愣在原地，心底泛起一阵阵恐惧。

没来得及仔细思考的事情是，他许久没有与除秦凡之外的人交流了。

暑假里庞洋无数次打来电话约聚会，他不知为何以各种理由拒绝。庞洋在电话里沉默许久，讪讪地笑："路哥，变成人上人了，有那么忙吗?"后来手机就再没收到他的来电提醒。从学校请假搬出后，母亲着急地打电话来询问，他每每不耐烦地挂断，原本觉得是"干大事者杜绝骚扰"，现在再想想，也许他是不想听到母亲的声音。

学校里的人和事无论何种都无法使他提起兴趣，那么程梓呢? 路小易坐在钢琴前，努力在脑海里回想着程梓的音容笑貌，手指却弹不出一个音符。

我不要变成那样的怪物，绝不要。

路小易向秦凡提出了终止实验的请求。

"以你现在的情况，终止实验会导致脑死亡。"秦凡查验着实验数据。

"为什么会这么严重?"路小易没有想过这个结局。

"这次设定任务难度大时间短，你的身体转化率到达极限，几乎所有本能都调动了，无法强制断开。"秦凡面色凝重。

"还有其他办法吗?"

秦凡摇头："只有等这个任务结束后才能一一调整。"

路小易一拳砸在机器上，机器红光大闪，秦凡推开路小易，瞪着他："别拿别人的心血撒气。"

路小易静了几秒，嘴角勾起自嘲的笑："也对，我没办法怪它，是我自己把我的人生交到它手里的。"

往后的几天里，路小易尝试着联系过去的人。他回了趟家，和父母坐在一起吃饭，却食之无味；约庞洋看新的漫威电影，刺激的场面迎面照过来，他连眼睛也没有眨一下；回家途中，看到递碗乞讨的老奶奶，他下意识越过，事后才想起，那似乎是他第一次没有给钱。

诅咒在自己身上逐渐应验，路小易感觉心里有什么东西正在如同沙漏般争分夺秒地流逝。当天晚上路小易在梦里又一次见到冯琦。对方带着阴森的笑容，居高临下地看着路小易，手里握着一座铜制奖杯，缓缓举起，又朝着路小易的脸狠狠砸下。

醒来时路小易感觉到疼痛，他挪开身子，在大腿处找到程梓的蝴蝶结发卡，睡前忘了把这个小玩意儿拿开，如今它已被压断，支离破碎。路小易拿起半截发卡，突然发觉自己有些记不起程梓的脸。她在体育场上对自己说的话，三年来每每回想记忆犹新，而如今，在噩梦惊醒的混沌中，路小易竟半个字也想不起来。

明明是为了爱走出这一步，如今却丧失了爱的感觉。

狭窄的出租屋里只有他一人，头顶昏黄的灯光把路小易的影子照得高大，他有些难过，却连鼻酸和眼胀的自然反应也无法感觉到，更别说流出眼泪。路小易仰起头，试图用灯光刺激眼睛，但他首先看到的是悬挂在头顶的 Light magic。

"我们每个人都有想做却做不到的事情。"

"在我看来，这是'予人玫瑰'。"

秦凡的话在耳边响着。

路小易长久地仰着头。

一个阴天的下午，秦凡再次回到路小易的出租屋。

自从一星期前，这里的租客在深夜里突然停止呼吸，隔天被前来琴房练琴的中学生发现，拨打急救电话却已经无力回天之后，这个地方再没有人来过。

　　秦凡推开虚掩的门，空气里涌出一股尘埃的气味。屋内摆设与先前无异，而凌乱的个人物品却记录着路小易的最后时刻。秦凡掀起 Light magic 后盖，查找操作记录，在列表上看到一整页不出自于她之手的任务设定。

　　恢复肾上腺素，恢复荷尔蒙，恢复内啡肽，恢复多巴胺。

　　秦凡查看调节阀，发现路小易一股脑儿把所有可调节的选项推到了最顶。

　　也许他极度想要变回那个能够感受快乐悲伤、能够去爱的人，才会走投无路开始"用本能生产本能"，只可惜他并不知道，当转化率到达极限时，机器为了完成任务，便会动用那些攸关生死的身体本能。

　　比如呼吸，比如心跳。

　　按下"开始"的时刻，你在想什么呢？！

　　事后住在对面楼层的邻居曾告诉警察，路小易猝死那晚，这间出租屋里传来凌乱的钢琴声，毫无章法的音乐响了将近三分钟，便停止了。秦凡俯下身看着键盘，最靠近演奏人身体的中音区里，好几个按键有划痕和抠挖的痕迹。秦凡想象着路小易戴着机器的样子，他也许正为自己的聪明而得意，期待着生动的情绪涌入身体，却逐渐感觉喘不过气，喉咙被锁住，心跳暴烈地跳动着，血管曲张。他察觉到异常，伸手想把头盔摘下，但两手麻痹，只能够到面前的琴键。空气一点点消失，他绝望地抠着琴键，嘴里发不出一声尖叫。

哆啦咪咪哆哆嗦。

救命——

咪咪咪发西。

救救我啊——

西啦嗦嗦。

我只是不想变成这样的人——

在失去意识的前一秒，他突然生出快活的感觉。机器断去的呼吸和心跳，转化成无数的多巴胺向他涌来。爸妈的脸在眼前浮现，庞洋拿着游戏机朝他挥手，冯琦垂头丧气地看着他："看来你比我厉害。"程梓朝他远远地跑来，手里拿着面包和牛奶，笑得眼睛眯起："路小易，我喜欢你。"

至少他是在快乐中窒息的。

秦凡沉默着，查看机器下一项待检区域，屏幕上一个未命名的视频文件突然跳出来，在一堆数据文本中显得突兀。

秦凡点开，看到路小易的脸。

"秦凡，不好意思，我还是没办法看着自己变成机器人，我决定违抗你的命令，自救一下。既然都是利用本能，用本能去生产本能，也不是无法做到的吧。我把这个实验结果留给你，尽管我因为 Light magic 变成这副德性，可我还是想做些对它有利的事，让它变得更加完善，这样，从此以后就不会再有人陷入我这种困境了吧。"

"……谢谢你。今晚就算是我的回报。"

秦凡将视频关闭，删除，清空机器中所有关于路小易的数据，又掏出笔记本，在"DT43号样本"一页划上个叉。

做完一切后，她突然猛地推开窗户，迎着风仰起头，用力地眨眼，眼眶却迟迟未有湿润的感觉。

风把纸张吹起，已经使用过半的笔记本上，无数叉号鲜艳地飞舞着。

我只是不想变成这样的人——

秦凡慢慢地蹲下身，伸手环抱着自己，嘴唇翕动着，小声念出"对不起"的音节。隔壁传来学生练琴的声音，断断续续，逐渐组成一首乐曲。

父亲临终前努力睁着苍老的眼，用全身力气握紧秦凡的手。

"我知道实验有很多弊端，可是你别心软，所有失败都是进步……这是造福世间的项目，做下去，就算用机器逼迫自己也要做下去。这是我最后的心愿。"

可我们都有想做却做不到的事——

风停止，笔记本停留在扉页，DT01样本，那一页印着秦凡的姓名。

秦凡把演奏听完，重新站起身。拿起笔记本，翻开新的一页。

欺
骗
时
间

你有没有看过一个实验。

两批鱼，一批放在恒温的养殖池里，每天定时定量喂食，标记为一号池。一批放在自然条件的水池里，喂食时间和数量都是随机的，标记为二号池。一个月后，二号池里的鱼长大了，而一号池里的鱼，似乎还是之前的样子。

还有一个实验。

两把未成熟的香蕉，对其中一把大加赞美，另外一把恶言相对，等它们成熟后品尝味道，发现第一把味道甜美，第二把又酸又涩。

你得出什么结论？自然生长在某个极端可以控制？意识对所有物体的作用都无法预计？

是不是发现原来在这个世界上，有些你以为无论如何无法改变的东西，其实是可以欺骗的？

下面我要讲个故事，它听起来有些不可思议，我能理解你对这件事的怀疑，因为就算是我，也依然怀揣着震惊的心情，本能地做一个记录者。

有一个男孩来找我，这不是故事的开头，但这件事把我牵扯了进去，牵扯进一个庞大的骗局里。这个男孩是我多年好友的儿子，我从小看着他长大，小时候的他眼睛清澈眼神大胆，仿佛对一切都拥有自信，而现在他露出一副愠怒沮丧的神情，盯着我递给他的水，开口说："黄阿姨，你救救我妈吧，我觉得她快精神病了。"

她的妈妈叫齐宁，在一家三甲医院里做主治医生，十年前她与丈夫离婚，儿子被判给了丈夫，但所幸这个孩子很有良心，总是抽空来关心母亲，所以就算家庭离异，齐宁举手投足间还是散发着一种成功女人的气质。

"为什么这么说？"正因如此，我没有把男孩的话当回事，笑着问。

"你没发现这十年来她有什么奇怪的地方吗？"对方坚定的眼神看起来不像是开玩笑。

"嗯……我想想……用秒表掐着时间吃饭算不算？"我勉强说出一个。

"对！就是这个！"

"可那是为了抓紧时间工作呀，你妈妈很努力呢，小易，你不能靠这点就怀疑她。"

"不，不止是这样，黄阿姨，你听我说，"小易着急地把十指按在桌面上，指关节泛出苍白的颜色，"不止是吃饭，我妈连睡觉，上厕所，喝水，全部都要用秒表来计算，严格地就像在进行某种仪式一样……我问她为什么，她只是意味深长地看我一眼，说'不能停下来的'，我觉得那个眼神很可怕，我完全不能理解，她再这么偏执下去会疯吧。"

我一愣。齐宁的生活作息我并不了解，虽然我经常看见她把秒表拿出来细细地计算，但我也只是调侃一句"哎哟大忙人"不再多想，听小易这么一说，这似乎真的是件值得注意的事情。

"那么……你要我怎么救她？"

"总而言之，先依靠你们亲密的关系问出我妈这么做的原因吧。"男孩抬起一张恳求的脸。

在那之后的第二天，我提着几斤水果装作像往常一样去拜访齐宁。她一开门见到我便用嗔怪的声音说："人多来几次就好啦，买这么多东西干什么？"我笑嘻嘻地谎称最近发了奖金，齐宁才露出一个开心的笑脸。

齐宁长得很漂亮，一张脸像是永远都不会老。说起来我们都一样是四十多岁的人了，可我眼角已经长出针一般细长的鱼尾纹，脸上的肉像正在拆除的房屋般不断往下垮，她却还是年轻时那副丰腴的样子。所以见到她的时候，我总会有一种小小的、本能的自卑。

我们正常聊天，期间她抬头看了一眼挂钟，又掏出秒表来计时，然后迅速地拿起水杯喝了一口水。我趁机说："齐宁，你的生活作息真是规律啊。"

她怔住了，但很快又恢复笑脸："为什么这么说？"

"连喝水都要精确地计算时间，真是规律到有些反常了呢。"我暗暗咬重了最后几个字的发音。

"还好，都成习惯了。"

"那么，为什么？"作为朋友，我这么问一定很奇怪吧。齐宁大概是察觉出来了，回答得和以往一样言辞模糊。

"不能停下来的。"

"为什么？"

她沉默了，低着头不去看我的眼睛。我也不催，我知道她一定会给我答案。从小齐宁就没有骗过我。

后来她终于意识到我不可能放过这次问话的机会，于是长吁一口气，准备和盘托出。

"你有没有看过一个实验？关于两个池子里鱼生长速度不同的那个。"

我缓慢地点头，那是一个多年前在网络上很火的视频。

"我看完之后，觉得真有意思，不规律的那些鱼每天过着不一样的生活，在这些新鲜的日子里成长，规律的那些鱼保持一成不变的生活，日复一日，最后停止了生长，就像欺骗了时间一样。因为不断地重复，时间便认为，其实他们只过了一天。"

"那么，如果是人呢？如果人也保持规律的作息，时间会不会以为他其实并没有度过太多岁月，我们欺骗时间，衰老的速度会不会减缓甚至停止？"齐宁看着我，认真地说。

我的脑海里仿佛炸响一个雷，极多的联想像尘埃一样包围了我。同样作为观众，我怎么也没想到，齐宁能通过它联想这么多。

"所以你才……"

"对。"齐宁不等我说完便抢白，但即使她不这么做，我也无法把那句话说完，我没有叙述出这些现实的语言功底。

"可是那只是鱼……并不代表人也可以……"

"我试过一次。"齐宁从刚才认真得有些诡异的神情中返还过来，重新露出笑脸，"在这么做之前，我先粗略地试过一次。"

齐宁说她曾经保持规律的三餐和睡眠时间，过了三个月，发现自己的头发比起别人来说，生长速度慢了一倍。这些小细节换一个人兴许就不会在意，可是齐宁却像发现新大陆一样，对这件事有了敬神一般的信仰。

"我已经试过了，很早以前就证实过了，我会一直这样下去，我不会让自己衰老。"

齐宁最后那个眼神让我终于有和小易一样的感觉，可怕。尽管她对我是微笑着的。

"疯了疯了！真的是疯了！"

几个星期后，当我再次见到小易时，我跟他叙述了这次会面的过程，导致他发出这样的惊呼。

"我妈她是怎么想的啊？这种事情也会相信啊？真是疯得不像话了。"男孩表现出很抓狂的样子。

我听了有些不适，低声说了句："但是你妈真的很年轻，像不会老一样。"

"不会吧黄阿姨，你竟然也相信我妈的话？"小易发出更大的惊呼，我只好闭嘴。

面前的男孩苦恼地抓了抓头皮，长吁短叹了好一会儿，突然间抓住我的肩膀，我一抬头，撞上他固执的眼神："不管怎样，必须要阻止她。我妈为了保持固定的睡眠每晚服安眠药，跟医院说不接夜班不干急救，所以到现在也不能升职。只是这些倒也无所谓，可是黄阿姨你想过没有，万一哪天发生火灾，我妈她就逃不出来了——那就是丢了命啊！就为了这个不知道是真是假的破实验丢了命值得吗？黄阿姨你一定要帮我，就算是为了我妈，你也一定要帮我。"

我看着他，觉得答应他是情理之中。但我总是感觉有些异样，面前的少年有对母亲急切的关心和爱护，可是在我看来，总有一些不真实不纯粹的感觉。

就在我怀疑之时，小易的声音突然带上哭腔，像是洞悉我的心理，给出了他行为的解释："黄阿姨，我爸上个月住院了。他应酬太多落下病来，我刚工作不久，没什么时间照顾他。前几天去看他，发现他头发全白了，我总觉得我快要失去他了。"

"所以我要尽全力帮助我妈，我不能再失去另外一个。"

这些话让我想起齐宁的前夫，那个看起来既成功又顾家的男人。他们在一起和睦地生活了许久，到小易八岁时，齐宁发现了丈夫的外遇。

以齐宁那种信仰真善美的个性，她不能接受这一点，所以她果断地决定离婚。前夫挑了个好律师，让齐宁失去了小易，齐宁对此久久不能释怀。后来她无意中看到小三的照片，照相机把那个女子姣好的容颜完美地呈现出来，齐宁盯着照片看了许久，我想那可能就是齐宁开始这个实验的导火索。

不知道是报应还是什么，离婚之后，那个男人的生意逐渐败落，这点齐宁知道，小易也知道，所以尽管我能保证齐宁很爱小易，但是他们两人情感的纯粹程度，我不能打包票。

就像那次见面，我问齐宁："为什么你不愿意告诉小易这些事情？"

齐宁的眼神瞬间黯淡了，她不安地缠着手指，说话的声音像是喃喃："其实这些年来，小易每次来看我，我都能从他眼睛里看到那个男人的影子……我很担心，所以我不得不谨慎……我不知道小易为什么会有和他相似的眼神……而且……"

她没有说下去，捂着脸像是哭了。我听着她语无伦次的倾诉，心一点点沉下去。

那一刻我理解了齐宁。前夫背叛的创伤，导致善良如她，也开始进行这般天方夜谭的实验。齐宁作为一个深爱却害怕儿子的母亲，此时需要我毫无保留的支持。因为她甚至不信任自己的儿子，却信任了我。

小易催我催得越来越紧，他要我协助他的计划，一个破坏齐宁作息的计划。我问他为什么不一个人进行，他笑里有些讽刺的味道："我以前试过，后来我妈报了警。"

我感到震惊，小易从我眼里读出这点，于是他继续说："所以我说我妈疯了，她想把他儿子送进牢里。"

小易为了说服我，频繁地到访我家，我不理他，他就默默地去书房看书，不吵不闹。因此我虽然没有答应，但也觉得没有赶走他的必要。我和齐宁都对小易有种本能的纵容。

有天我正在办公，小易像往常一样无聊地翻阅资料。很久之后，他突然神秘地笑起来，笑容里满是阴谋得逞的味道。我狐疑地看着他，他做出惊讶的表情，用恍然大悟的声音说："哇，原来你就是 cyo。"

我像是触电了一样，立即跳起来，抢过他手中的纸片，上面是我多年前为了发表某视频申请的账号和密码。

"黄阿姨，那你就更应该帮我了。"小易的表情很是狡黠。

是的，你没有猜错，我就是上传"两池鱼"视频的人。我是个科学家，多年前做了这个实验。很惭愧的是我没有想太多，完成测试后，我甚至没有把它当成一个正经的研究，而是当做一项趣闻发到了网上。

我没有想到我的好朋友会因此得到启示，而去亲身实践，但是我内心的恶灵告诉我，她是个很好的活体样本，她的一切反应如果被记录下来，将对实验有巨大帮助。我可以开发出一系列的研究，我将功成名就。

"黄阿姨，你不想看看我妈结束实验后是什么样子吗？难道你不想让我妈重回正常的生活？一举两得嘛。"小易循循善诱着，我居然全部听进去了。

"视频最后，两池鱼都还好好的，证明实验完全不会有危险。结束我妈的臆想，同时促进你的研究，如何？要不要试一试？"

小易冲着我伸出手，我犹犹豫豫地抬起了手臂。

齐宁，我能想象如果你知道这一切，你该有多失望。你如此相信我，但我把你向我倾诉的一切都告诉了你儿子，事到如今还为了自己的前途帮助他去伤害你。当我和他一起出现在你家门前，那时你僵硬的笑容我怎么也不会忘记。

你无法知道我有多后悔，当我直面结局的时候。

那天我们千方百计阻止你按时喝水，吃饭。你的脸色发白，盯着我们的眼神深不见底，但你什么也没说。直到最后，我坐在你的床上不断地陪你聊天，你看着我侃侃而谈精力旺盛的样子，终于无法忍受，开始反抗。

就在你推搡我下床的时候，我高声呼喊小易，他冲过来把电话线拔掉，然后走出去反锁房门，我拉开窗户把你的安眠药丢出去。你疯狂地尖叫，竖起手指用指甲抓我的脸。

你试图躺下，我却不断地把你拖起来，争斗中你的秒表被甩出去，我们谁也不知道这场闹剧持续了多久，还要有多久。十年的坚持撞上这突如其来的破坏，让你的眼睛充满血丝，它一寸寸生长，遮盖了你恐惧的眼神。你大声质问我为什么，而我毫不理睬，只抱着几乎是破罐子破摔的心情继续妨碍你。

后来你突然放弃了，身体像一把面条被丢进沸水里那样软下去，你缩在床的一角，眼睛看着地面，我站在你面前，为你突然消极的反应感到不知所措。

"你的目的已经达成了。"你的眼神空洞，声音听上去很平静。

"对不起……"事实上我从一开始就在说这句话，只是我没有发觉。

"记得我之前和你说过，我拿头发试验的事吗？"

"嗯，记得。"我不知道你为什么突然提起。

"我没有告诉你的是——"你终于抬头，看着我，"结束实验后，我的头发突然疯长了一截。"

我怔了怔："你的意思是……？"

"无论什么欺骗，都有被发现的时候。时间发现自己被欺骗后，是会报复的。"你露出苦涩的笑容。

我还没能把思绪理清楚，突然发现你微笑的脸上猛地生长出无数皱纹。那些凹凸的纹路像是某种动物的爬行，迅速地布满了你整个脸颊。而你的头发也开始从上往下变色，就像美少女动漫里那些变身场景一样。但你的头发没有像她们一样变得青春、五彩、闪着亮光，而是从光泽的黑变成了干枯的白。

"你现在明白了吧，我说'不能停下来'的含义。"现在你的嗓音也带着饱经风霜的沧桑感。

我的眼泪不停地流，跪下来抱紧你的头。齐宁，我后悔了，我不知道这个实验会把你变成这样，你早该告诉我的，如果你早点告诉我多好啊。

　　"还有……小易……他是我……"

　　你的嘴唇裂出许多纹路，说的话仿佛也因此碎裂。我等待你说下去，而你虚弱地闭上眼睛，我冲出去呼喊小易，他正手执一份文件看得入神。

　　"黄阿姨，怎么了？"他抬起头来看惊慌失措的我。

　　"你妈出事了，要赶紧送她去医院！"我叫道。

　　小易走进房间，并未近身查看，也没有任何要送你去医院的意思，他的声音有些冷漠："我妈死了，死于心脏衰竭。"

　　"够了！你什么都不知道！快点送医院！"我忍无可忍地咆哮。

　　"你才是什么都不知道。"小易尖锐地打断了我。

　　我愣了神，迷茫地看着他。

　　"我以前也看过那个视频，"小易露出了有些骄傲的笑脸，"我匿名在下面发表评论，说明了它在人体上实验的可能性，然后我妈就去尝试了。我知道她在进行实验时，一开始想阻止，但是后来我发现了这个。"他扬了扬手里的文件，"这是我妈的人寿保险，受益人填的是我。"

　　他的声音平和，但我感觉他所说的每一个字都长满了尖利的刺头，猛地扎向了我。

　　齐宁，你说得没错，小易的确像他的父亲，他们俩共同的特点就是会不停地伤害你，像一种传承。但尽管我知道了这点也无能为力，因为当我尖叫着"禽兽"，拿出电话想报警时，小易说："你尽管打吧。暂且不说警察会不会相信这个故事，首要问题是，杀人凶手可是你。"

我直到那一刻才明白，我被小易利用了。

他说过的每句话此刻都缠在一起，在我脑海里回响。包括小时候稚嫩的声音——"我最喜欢妈妈了！"它们与现实掺杂，迅速而杂乱地漂浮在我脑袋里。而你的笑脸也反反复复重现。我觉得我快要疯了，我现在只想哭。除了哭，我找不到更好的办法来证明我的愚昧。

我无力地瘫软下来，小易给我留下最后一句话。

"黄阿姨，我劝你还是像我一样把这当作意外吧。要怪就怪你作为这个实验的首创者，却不及实验的体验者了解它。"

又或者说，要怪就怪在你没有亲身实践，就自以为理解了这个实验。

我厚葬了齐宁。她的验尸报告上的确写的是"心脏衰竭导致死亡"，时间加倍的报复，是我见过的最残忍，却又最不能抗拒的东西。

现在齐宁蜷缩在一个小小的盒子里，我觉得她时常会仰起头来看我。每当这个时候我就会轻轻抚摸盒子的表面，在心里安慰她，给她讲我这些日子里所做的一切。

我登上了 cyo 的账号，找出两池鱼实验的视频，然后在下面附上一大段的讲解。讲述了实验的危害，又将小易这个蛊惑者的个人资料进行曝光，不断复制粘贴，散发在这个世界上的每个角落。

我被网站管理员警告，也被小易威胁，但我并没有觉得我做错了。这个实验的特殊性让我无法选择正规的渠道去替你复仇，我只能像小易一样使用卑劣的方式。我吃了很多苦，但是都不及你多，你为了一个缥缈的执念长久地进行孤独的仪式，而我自私地将其摧毁，这些苦难都是我该赎的罪。

现在告诉你的事情，不知道你听了之后是欣喜还是难过，身处不同世界后我越发不能揣测你的心理。小易在拿到遗产后，过得并不开心。他的父亲在你死后不久便病逝了，而他本人也因为我的曝光，生活变得举步维艰。走在路上，时常要提防有人突然袭击，三天两头被人群殴，房门上用油漆刷满了"骗子"、"人渣"等字样，工作单位也不断有人找茬。几天前我见到他，他已经被辞退了。一头乱糟糟的发，满脸的胡茬，眼神疲倦不堪，像老了几十岁。他满身都是伤，显得越发瘦弱，看到我，愣了片刻，竟然"呜呜"地哭起来。

撇开我们之间的恩怨，看到小易如今的状况，我其实有些同情。他只是说明了这个实验的一种可能性，尽管他知道结局并有所隐瞒。但跟随他去进行实验的人，并不是小易强迫的。

我先前说，你进行的是"孤独的仪式"，其实后来我发

99

现它并不孤独。齐宁，也许你无法想象，这个世界的每一个角落里都有像你一样小心翼翼生活的人，他们藏在人群中，十分微末，但都为了不同的目的贪心地希望拥有一个不老的身体。

他们被小易牵引，自己进行了实验。等到发现弊端的时候，却又一边倒地把责任推给他。我记得在我曝光小易地址时，有个姑娘给我发来讯息，是这么说的：我找哥哥的朋友打了他一顿，他趴在地上说对不起的时候真是让人解气，可那有什么用，我平白无故消逝的青春再也回不来了。

那时候她已经进行了三年的实验，得知后果后不得不停止。虽然已经做好了心理准备，但第二天照镜子时还是忍不住号啕大哭。她说她以为自己万般幸运找到了永葆美丽的捷径，却没想到被人牵引着带进了地狱。

所有的愤怒、指责、后怕和质疑，仅仅从网络上看都能想象当事人五味杂陈的心情。我从他们的言辞里看到人性最真实的一部分。给别人设防，为自己开脱，喊着委屈，喊着为民除害，不断使用"如果我早知道……我一定不会……"的句式。

"真是太可恶了！明明知道会有什么后果还对我们隐瞒！居心何在！"

"你们是一伙的吗？！就是想拿我们做活体实验吧？还有没有人性！"

齐宁，我从你身上看到了他们喂饱自己贪心时的模样，又从现在的小易身上看到了他们希望破灭时的嘴脸。这个世界上有很多人，不只小易一个，对除自己之外的任何人怀着恶毒的心情。我不知道该怎么评价他们，我觉得我也是他们中的一个。

至今为止，依然有很多人在进行着这个实验。他们有的还不知道实验的弊端，有的知道了，却也狠不下心放弃，或者根本没打算放弃。我联系到了一部分，说服他们给我记录的机会，我想要充分了解这个实验。

如果他们不会老去，会不会有生命的终点。如果一直欺骗时间，会不会真的造就一种奇迹，然后以它去成全我的实验，成全人们的贪婪。虽然我现在说得很美好，但其实我害怕面对结果，它将告诉我，我是不是一手砍断了你的人生，本该无限延长的，绮丽的人生。

我不得不说，我是为了自己心安而继续调查这个实验的。认识到这点后，我越发觉得自己像一个齿轮在无休止地转动，可是我不用担心这是徒劳，因为只要我转身，就能发现无数齿轮在和我一样，机械地转动着，转动着，拼成了无比宏大而错综复杂的世界，让我们丧失了人生，奔向一个囹圄的方向。

故事讲完了。

Ａ叔的故事

［1］

我认识 A 叔的时候，正值夏季里最难熬的三伏天。电视机里每天都有不同主持人坐在不同颜色的桌台后面，上身穿着西装，下身套着热裤，哭丧着脸请他们的衣食父母注意防暑。高温预警信号发布了好几次，明晃晃的阳光海啸一般席卷了这个小镇，就像 A 叔席卷了我的生活一样。

A 叔是我的网友，我们的相识纯属巧合。A 叔对我说第一句话的时候我不在线，而他自顾自在对话框里敲上大段大段的冷僻知识。他也许是我在某个闲得发慌的晌午随便加来的网友，所以当我在第二天登录通信软件，看到他陌生的头像跳动时，我并没有过多反应。

我点开对话框，视野立即被黑色的字体霸占，只觉得黑色的光一明一暗地闪烁着，那一瞬间我受到了惊吓。他滔滔不绝侃侃而谈，字里行间透出一股知识分子的气息。我目瞪口呆地下拉页面，大概拖行了三秒钟才看到"我是知道这些的"这样朴素的结尾。

如此广博的知识面让我佩服得五体投地，于是我挑出一个知识点来向他询问，本是抱着学习的心态，却并没有得到悉心的教导。对方像是突然变了一个人，对我的任何问题先是茫然，然后便打着哈哈过去，语言戏谑且犀利。

如果说他给我的第一印象是学识渊博的中年男子，那么第二印象便是想法独特的年轻人。对我而言，第二种状态显然要更吸引我一些，于是我们就在插科打诨的聊天中渐渐变成了无话不谈的朋友，我喊他 A 叔，他叫我小屁孩，一看便是喜欢玩闹的人。

从那以后 A 叔与我开始了每天东拉西扯的日子，我能从他的言语中窥探到他搞怪的性格。但他偶尔还是会恢复博学多才的状态，通常都是在深夜，我能在第二天看见疯狂涌动的文字，但问起他来依旧得不到想要的回答，久而久之我不再问了，只是默默地看着。

盆栽，化工，水彩，机械组装……通俗的或晦涩的，有趣的或无聊的，知识像一场风暴，每次袭来都淋漓尽致，然后依然用"我是知道这些的"结尾。看久了，总是觉得这句话平白无故多出一种无奈的气息来，仿佛入了眼，嘴里就会多一声叹息。

[2]

民间有俗语，夏豹子秋老虎，都不是什么好东西。刚逃出豹子的抓挠，我一仰起头，就看到老虎的血盆大口。

九月的天空瞬间高了不少，云彩又多又轻薄，除了遮不住阳光，一切都好。立秋即将到来，酷暑却好像一直没离开，街头依然四处支着巨大的帆布伞，一台冰箱拖着长长的尾巴孤零零地躲在阴影下，偶尔有几个学生会在它前面逗留，掀开它的头顶往里面翻找。坐在不远处的老板娘不断用带着口音的普通话催促她们。

树还没有开始落叶，但已经没有人在下面乘凉，夏季的几场暴雨拦腰折断了几棵老树，于是所有的树一瞬间变成危险物品，见了就要躲着走。

我对 A 叔说："林业局这下可有得忙了。不过他们一直都在忙，不知道有没有时间来管这些小事呢。"

A 叔说："小事自己解决就行啦！"

我啐了一口，在框里打上"你是智商下降了还是装傻呢？"想了想没发出去，直接关掉了对话框。

从夏到秋，不过三个月的时间，A 叔却变了很多，让我几乎不想再和他对话。一开始我们还能凑在一起调侃时事，像两个热血青年或者两个愤青。后来渐渐变成讨论小学高深莫测的奥赛题，他开始使用大量的标点，经常打错字，用一副小孩子的口气对我说："这道题太难了我不想做了嘛！"

若只有这些，我还勉强能接受，能说服自己这是他的行为艺术。但他变本加厉，到了后来言行举止与孩童无异，我果断决定这段时间要躲他躲得远远的，就像居民们躲开摇摇欲坠的老树一样。

我不再关注 A 叔，不再一上线就点开他的头像，因此也没有注意到 A 叔的头像突然熄灭了，在那之后再也没有亮起。偶尔我下拉列表，从列表的最底下找到他的名字，看着他几个月前的签名依然挂在那里，还是隐隐有些担心。

A叔对我而言，虽然是几个月来聊得欢畅的朋友，但他在我心中一直是个谜。我从来没有问过他的家庭情况，没有关注过他的心情，我们只是抓着一个话题心照不宣地聊到天昏地暗，这么一想，我很愧疚。

因此，当A叔的头像再次亮起时，我第一时间跑去问候，不料那头沉默了很久，然后发来一句："你好，我是安国兴的妻子。"

［3］

知道A叔的真名是安国兴的那段时间，天气已经很凉了，几乎要拿出绒衣来才能抵挡寒风。所以当A叔的妻子开始说话的时候，我下意识觉得她不会带给我温暖的讯息。

她像是个温婉而羞怯的人，我看见她那头长时间显示着正在输入的字样，而当一大段话敲过来时，他的头像也同时暗下去，我反复地读那一长段恳切的语句，心里像是猛地把柴米油盐打翻到一块，充满了复杂的味道。

我的目光长久地落在那段话中间的一个地址上，脑海里自动打开了本市地图，隧道般的光往道路上飞快地穿梭，穿过楼房和汽车，稳稳地停留在某一处地方。

周日我如约出现在那里，与我同行的还有一袋苹果和一把香蕉。上楼的时候我再次思考这是否是一个骗局，然后再次告诉自己，如果对方一开门我没看到想看的，就拔腿狂

108

奔,因为这些事对我来说实在太离奇了。

我颤抖着叩门,三秒后传来了脚步声,然后门被打开,开门的女人没有多说话,她微微欠身,让我看到客厅的场景。

四十岁左右的中年男子,坐在不同颜色的泡沫软垫做成的地板上,兴致勃勃地玩着一辆玩具车。虽然已经有了心理准备,但我看到这副场景依然受到了惊吓,女人在一旁用微弱的声音解释道:"这就是 A 叔。"

A 叔患有精神分裂症中的思维内容障碍,也就是俗称的妄想症。他妄想自己是个年轻人,而随着病情的不断加重,他妄想中的自己也越来越年轻,与我认识时"他"已经只有十几岁了,而现在,"他"几乎只有五岁。

"他原本是很优秀的,真的很优秀。"女人坐在沙发的一角,一边帮 A 叔削着苹果,一边喃喃自语,"学识广,心肠好,业绩也非常强⋯⋯我嫁给他真是有福了。可是生活太苦了。"

事情是这样的。

A 叔所在的公司运营出了问题,与老总是好朋友的他出于好心,扛下了所有责任,让老总在安全境遇中想办法东山再起。不料老总选择了逃跑。于是他用颓败的眼神看着司法部门找上他,看着公司的同事对他冷嘲热讽,看着母亲患上重病无钱医治。

一个好人,一个一生平稳的好人。拥有不错的收入,和睦的邻居,亲密的同事,还有慈祥可亲的妈妈,然而这一切，突然就化为了泡沫。所有的光一下子暗去，所有的美好一下子坍塌，尘埃四起，哀鸿遍野。

"老太太现在怎么样了?"我问道。

"已经死了。"女人把苹果切成小块，放在盘子里，"国兴就是在那天垮的。"

去往殡仪馆的路上，A叔望着窗外出神，他的眼神是前所未有的呆滞，妻子担心地推了推他，等他的瞳孔终于聚焦，嘴里却突然吐出一句话:"我没事呀，我才二十多岁呢，很年轻的。你放心，我会找到一份很好的工作，回来娶你。"

——我才二十多岁呢。

很年轻的。

那个时候的生活也许比现在美好太多吧。有奋斗的激情，有奋斗的资本，敢闯敢拼，青春洋洋洒洒。一切都是萌芽的状态，一切都有希望，让他无比满足。

因为比现在美好，所以想要回去吗?

"国兴。"女人喊了一句。A叔立即从软垫上爬起来，像婴儿般左摇右摆地走过去，接过女人递给他的苹果，笑着说了句:"谢谢妈妈!"

我倒抽一口凉气，转头去看女人。她依然是风淡云清的表情，仿佛早已习惯。沉甸甸的一声"妈妈"，压在她的心头，久了，也就麻木了。

女人告诉我，她把我找来是想让我劝阻A叔。她这些日子一直不安，看着A叔一天天变小，她担心这会有尽头。等到A叔的意识回到他出生以前，那个他不存在的世界，他会以什么状态来面对？若是从此昏睡，甚至以脑死亡来匹配不存在的事实，这对他来说是不公平的。现在的她已经不再奢求 A 叔回到原来的状态，她只希望 A 叔能活着。

我摇摇头，说："这太抽象了，我无法想象。"

"但是你可以试试。"女人的目光飘向那个蜷着身子吃苹果的身影，"我希望你能帮帮我，告诉他，他会一直活着。即使他的意识退回到细胞状态，他也能明白自己是活着的。那时做出再怎么怪异的行为也没关系，只要能活着就好。他不再记得我，但兴许还记得你，能够相信你的话。"

我顺着她的目光，一同看向那个身影。

"A 叔 A 叔，你今年几岁啦？"

"我五岁了！"

"那你知道五年前你在哪里吗？"

"不知道！"

"我告诉你哟，依然是在这里，在这个大大的地方，以细胞……噢，就是一种很小，很自在，哪儿都可以去的样子存在着，你一直存在着，又有活力又开心，听懂了吗？"

"听懂了！"

"真的吗……"

此时的我蹲在他面前，望着他沧桑的脸和孩子般的表情，回想起我们在一整个漫长的夏季里欢快的对话和我们彼此无限的活力。那时候他是青春的，对未来充满了希望，如今他甚至不能理解未来的含义，而我，正用尽量简单的语言劝阻他不要死去。事实上，我根本不了解他会不会这样死去，我只是在做我该做的事情。我抱着女人给予我的希望，和自己的真诚，一遍遍告诉他——

"A叔，会好起来的，你知道吗？会好起来的。"

[4]

入冬以后，再也没有人记得夏季的炎热，六个月前叫嚣着"我宁愿冻死也不愿意热死"的人，这会儿也改了口。

孩子们都在期待下雪，南方下雪少，倒是给这份期待添加了意义。

冬天的风是没有声音的，但是个个带着细小的枪头，从你所有裸露的皮肤上划过。这种天气状态下人们通常不愿意出门，这是地理书上的理论，可是实际情况是，办年货的人民乌泱泱地挤满了大街和商场。

冬天里总要有点事要发生，毕竟是辞旧迎新的季节。老人们念叨着瑞雪兆丰年，菩萨留宿间，一是图个吉利，二是求个心安。我从来不信这些，甚至于有时会出言讽刺，所以受到了惩罚。

临近正月的时候，A叔的妻子突然告诉我，A叔死了。

我觉得自己听到这个消息时应该会很悲伤，但我出奇地平静，潜意识里觉得这是理所当然的事情。

那次拜访之后我没有再去过A叔家，A叔的妻子也没有再邀请我，现在A叔走了，她终于又一次向我伸出了手。

重新踏入这间房，房间里已经没有了生气，没有满地的玩具，没有开到最大音量的动画片，整个空间安安静静的，透出一股寂寞来。

女人告诉我，A叔是在某个寒冷的深夜死去的，他缩着身子躲在摇篮床里，身下铺着从枕头和被褥里扯出来的棉花，死于割腕。

"他不跟'妈妈'睡吗?"我问道。

"那天他是半夜醒来离开我房间的，我没注意，是我的错。"

女人笑得苍凉。

"不，这事压根没法预防，所以你也不必自责。"我轻轻地告诉她。

其实我猜想过，A叔偶尔会在深夜醒来，然后恢复最初的意识。但他也知道，这意识转瞬即逝，所以他总是在深夜打下大片大片的知识点，然后告诉自己"我是知道这些的"。

他温柔地提醒着年轻的自己，告诉"他"，你应该懂得更多，你应该往前走，可是毫不见效。他最终还是退化成了一个包袱，因此他无比绝望。

爬得越高的人，总是摔得越重。自律意识强悍的人，越发不能接受自己的堕落。

他肯定没有告诉亲人他有过清醒时刻。他不想给他们任何希望，因为他自己都没有希望。这次深夜行动是他最后一次恢复意识，他预谋这么做，而他终于成功了。

预谋性自杀，属于A叔的结局，是他亲自做下的选择。

我在心里苦涩地笑起来，我明白了A叔自杀的原因。他是以正常的意识状态死去的，这成了我一个人知道的秘密。

可是——

这个时候，女人突然用一番话，颠覆了我所有的认知——

"早知道，我就不找你帮忙了。你兴许是把他出生前的世界描绘得太美好，所以国兴迫不及待地就去了。他走的时候，还是像在妈妈子宫里的样子呢。"

——他走的时候。

——还是像在妈妈子宫里的样子呢。

我感到脑海里响起一阵轰鸣。从心口蔓延出的燥热瞬间席卷到我的太阳穴，然后密密麻麻地布满了我的大脑。

她依然是笑着，笑得温婉大方，像往常一样。而我却突然失了态，激动地询问那个动作的各种细节。

女人疑惑地看着我，犹豫了片刻才娓娓道来，在她的描述中，我的眼前渐渐展开 A 叔死去时的画面，展开了我自作聪明的神情，和我们两人各自的悔恨。

我瞪大眼睛，身体无力地瘫软下来。我想叫，但是完全发不出声音，只有画面不断在脑海里重复着。

那个男人像躺在母亲的子宫里一样蜷缩着身子，表情无比地恬静，仿佛进入了一个美好的梦境。

他手腕上流下来的血液渗进柔软的棉絮里，流淌在他的身上，像温暖的羊水，静静地把他包裹。

他像一个胚胎一样，永远地沉睡着，去了他想象中那个无比安详美好的世界。

触
光

门铃响了三遍，我从浴室出来，在腰间围了块毛巾，走过去开门。站在门口的是一名眉眼细长的男子，穿着呢大衣和西装套装，工整地打着领带，看到我湿淋淋的样子，他皱着眉，犹豫地问："您好，我是12栋的住客。我家的猫刚才翻窗户跑出去，好像往这个方向来了。您看见它了吗?"

　　"没有，我正洗澡呢。"我甩了甩头发。

　　"那您家人有什么发现吗?"

　　"我一个人住。"

　　他低头看向鞋柜，那里满满当当放着一家三口的鞋。

　　"我堂哥堂嫂带着孩子旅游去了，现在只有我看房子。有事你找他们，我把电话给你。"我瞥了一眼鞋柜，补充道。

　　"不用了，我再去问问别家。"他后退一步。

　　男子转身离开后，我按住疯狂跳动的心脏，装作若无其事地把门关上。这扇门需要半扭着开关才能落锁，我尝试了半分钟，始终找不对角度，只好放弃。一会儿户主回来，大概能发现锁的异常。我擦去留在门上的指纹，弯着腰摸到窗台边，稍微掀起窗帘，看到男子朝下一户人家走去，步调和神色看起来平常无比。

找猫？这年头人渣都这么能装吗？

我把窗帘放下，压着嗓子低低地"喵"了一声。

截至今天以前，我和这名男子还是小偷与失主的关系。之所以选择对他下手，来源于笑笑偶然的工作抱怨："锦绣花园 12 栋屋主怎么天天不在，这一片我就差这一户了。"笑笑干保险销售，对片区住户的作息了解清晰，给我行了不少方便。她并不知道我干这行，我只在她上班期间动手，平时她见到的我总是端坐在书桌前，认真地读书做题。有人问起她那沉迷游戏荒废学业的哥哥，她也会骄傲地回答："我哥现在不一样啦，他正准备重新考大学呢！"

锦绣花园是块新兴别墅区，住在里面的人大多从事技术开发类工作，近年来科技发展迅速，这批人一夜暴富，喝洋酒抱美人，高歌猛进住大楼，对我来说是只肥羊。我在一个午后潜入他家，从院子里翻进去，顺着围墙爬进二楼，打开最容易被人忽略的卫生间窗户，就成功进屋。他家值钱东西极少，很快被我翻遍。我不甘心，在笨重的台式机前再度搜查，从主机上方找到一个冒着红光的小铁盒，我饶有兴致地拿起。

这个东西我听笑笑说过，是适用于网购的新科技，可以投射立体影像。顾客站在机器前，让其扫描自己的身体数值，商家把商品数值倒入机器，两边分别建模，就模拟出了真实的着装效果。笑笑为它攒了小半年钱，至今还买不起。

而我处于"备考"状态，鲜少关注时事，始终不明白巴掌大的东西，只有一个苹果重，怎么能卖那么贵？

我打开机器，一束红光打在我脸上，伴随着机械音"正在扫描"。红光上下扫射我一番，随后收拢，我眼前闪过无数字符条码，逐渐幻化成人形，一个与我长得一模一样的人出现。我稀奇地伸手去碰，投影里的我也伸出手，两根手指对穿重叠，我们同时露出惊叹的表情。真好玩，我忍不住摁下其他按钮，触碰"记录"按钮后，一束蓝光从小铁盒中射出，在我眼前铺成一面荧光闪烁的屏障，光线逐渐散去，一个女孩的身影跳跃出来。她一手拎着明黄色的裙摆，睁大眼睛长久地前方，又灵活地转个身，衣袂飘飘，几乎飞到我脸上。我下意识伸手去挡，捕到的都是虚空。

这大概是屋主为自己拍下的试装记录，可看上去却像是童话里的场景——我擦亮了神灯，唤出了仙女。她又转了一圈，随后低头查看着裙子的纽扣和丝带，动作在此定格。她低垂的眼睛像在呼吸一般，连睫毛都清晰可闻。我惊愕得说不出话，望着眼前景象发呆，手指不自觉地压在右键上，新的影像跳出来，女孩换了一套黑色小礼服，丝绸质地妥帖地包裹着她的身材，她用食指绕着鬓角一撮碎发，眯着眼睛微微嘟嘴，做出魅惑表情。这兴许不是她的风格，她很快被自己逗笑，冲我吐了吐舌头。我不受控制地再度按下按钮。

那天我看她换了二十几套衣服，紧身的宽松的，从夏到冬。平日笑笑逛商场问我哪件衣服好看，我从来兴致缺缺，今天却耐心看完了一场时装秀，真是稀奇。我正打算继续往下翻，一阵响亮的关门声传来，我丢下铁盒滚进床底，大口呼吸着观察卧室门口。许久也不见人来，只有铁盒里发出软糯的女声："你回来啦。"

是机器录下的过往影像，虚惊一场。我小心翼翼从床底爬出，重新拾起铁盒，眼前的画面定格在女孩关机器伸出的手上，另一只手拎着一条男士领带。我长吸口气，用力拍了拍脸，抬头看向屋内挂钟，下午四点二十分，笑笑快下班了。我在脑内计算着笑笑的生日，距今没超过两个月，不算突兀。确认完毕后，我拆下立体投影机器，塞进口袋，再次从围墙翻出。

事实证明，即使五年过去，笑笑从扎着马尾的学生变成了穿西装套裙脚踩高跟鞋的社会人，可她依然和高中时代一样容易哄骗。当我告诉她，我这个曾经的高考状元靠卖当年的笔记赚了一笔钱，在二手市场帮她买下一个立体投影机当作礼物，她甚至没有怀疑为何五年前的状元笔记依旧能卖这么高价钱，就兴高采烈地打开机器尝试起来。

我装模作样地在模拟卷上划拉，听着笑笑在客厅不断发出满足的惊叹声，忽然间声音停了，取而代之的是一声"咦"，笑笑喊起来："哥，这是谁啊？"

我走出去，投影里照出熟悉的女孩身影。此刻她身上的新装是一件丝绸睡衣，大片瓷白肌肤裸露在外，却并不养眼，露出的躯体无不带上骇人的青紫伤痕。

"应该是前主人留下的影像，毕竟是二手货。"我解释道。

"她身上怎么这么多伤？真可怕。"笑笑咬着唇，不敢看这栩栩如生的画面。

"你不喜欢的话，我帮你删掉好了。"我弯下腰准备去拿机器，却被笑笑截住。

"别删，"笑笑说，"我觉得她长得有点像郁青姐，让我留着看看也好。"

我的手指针扎般疼了一下，全身血液倒流向脑袋冲去，眼前花白一片。笑笑似乎意识到什么，赶紧加了一句："哥，我不是故意的……"

"没事，都过去了，"我沉默片刻，随后面目平静地对笑笑说，"怎么处理，你自己决定吧，我回屋看书了。"

说完这句话的间隙，投影机上，女孩突然垂下眼睛，抱紧双臂，缓慢蹲下来。也许是这个姿势太过熟悉，当天晚上我突然梦见顾郁青。在我们没分手以前，每次争吵到最后，她都会像只鸵鸟一样蹲在地上，用手臂把头包裹，带着哭腔问我："罗宇，你到底要我怎么办呢？"而我从来给不出正确答案。在这次梦境中，顾郁青不再哭了，她站得离我很远，冲我挥手，但我的腿像是扎进地里生了根，一动未动。

"罗宇，你为什么不来见我？"她问。

我醒过来，天光已经大亮，枕头湿了小半块。笑笑上班去了，桌上放着她给我留的半袋面包。立体投影机像昨晚一样安静地躺在客厅地面，电源灯依然亮着。死丫头，电费不要钱吗，我心里这样骂，走过去将机器拿起，长久未操作而自动休眠的机体感受到震动，再度亮起来，那个女孩的影像又出现在我面前。

　　她依旧穿着那件睡衣，身上伤痕更多了，眼神哀愁。此时她伸手摩挲伤口，声音很轻："为什么会这样呢……阿晋明明是个好人啊……"

　　我想起在锦绣花园翻箱倒柜时，曾翻出屋主的证件，姓名显示为黄晋。那声惊走我的关门声，大概是他回来的迹象，在那之后女孩身上就开始有了伤痕。我隐隐有些不安，犹豫地把手指移向关机键，机器里却传来女孩的疾呼。

　　"阿晋！阿晋！别这样！"女孩头向右转，像是那里有谁冲了进来。机器未记录来人的身形资料，因此无法显出人影，只能听到同期录下的声音。

　　"说，又滚去哪里发骚发浪了？"一个男声问。

　　"我没有，我只是出门买了点日用品，其他什么也没做。"女孩的手腕像被拽起，睡衣肩带掉落，露出大半胸脯。

　　"我有没有告诉过你不准出门？"

　　"我很小心，没有人看见我……"女孩挽起肩带，耻辱地咬着下唇。

　　"啊——"她尖叫一声，脸忽地朝左偏，像是被谁扇了一巴掌。

　　"没有人看见你？那你以为我是怎么知道你出去的？啊？"

　　"我错了，阿晋，我再也不敢了。"女孩哀求，声音带上哭腔。

"从今往后，我不会再相信你了。"男人声音冷淡，女孩的手腕被松开，她吃痛地按着手，突然又像看见什么一样，猛地朝前方扑过去。

"嘭——"关门声。

"不行，阿晋，你放我出去！你别这么对我，我保证再也不偷偷跑出去了，我求求你……"女孩向前奔了几步，手浮在空中用力击打，我回想着那间房子的户型，那儿应该是房门的位置，她被关起来了。

没有人回应，女孩无望地环视屋内，眼角泪痕清晰。她的目光略过投影机，又很快转回来，直勾勾地盯着小小的放映孔，与蓝色荧幕外的我四目相对。

"救救我，"她跪倒在地，朝投影机攀爬，"救救我——"

"铃——"

家中座机铃声骤然响起。我吓了一跳，惊魂甫定地把目光从影像上收回，伸手接起电话。

"哥，"那头是笑笑的声音，"你干吗呢？我打你手机也不接。"

"刚醒，怎么了？"我问。

"今天是高考网络报名日啊，我提醒你一声，别忘了。"

"噢，我马上去填。"我应允着，想起五年前高考的时候，我也是这么提醒顾郁青的。九点钟开考，六点半我就开始打她的电话，毕竟她是一个早起两小时也能迟到的人，也许在她的世界里，时间流逝与常人并不相同。七点一刻，顾郁青终于接起电话，满嘴没睡醒迷糊的抱怨："才七点！罗宇你赶着打鸣啊。"

"早点起来准备比较好，万一路上遇到什么意外……"我慢条斯理地解释。

"呸呸呸！乌鸦嘴！哪有什么意外！我看只有你故意害我。"她呛声。

我又好气又好笑："顾郁青，你记住，如果你遇到意外，除了我以外，没有人能救你了。"

除了我以外，没有人能救你了。

我看向投影机，女孩已经缓慢地爬到机器旁，两手攀住铁盒，脸颤抖地凑上前。画面定格，我看着她那双惊恐而凄楚的眼睛，她把所有的希望都汇集在放映孔中，投射在我眼前。

"那我挂了，你抓紧时间。"笑笑在电话里说。

"等一下，"我顿了顿，沉声说，"我改变主意了。"

其实我很少愿意做一个救世主。

大学上了一年，我因为挂科太多被退学，女朋友也离开了，我灰溜溜地回家，拉起窗帘遮天蔽日地躲了四年。当年的同学纷纷进入社会，开始美好人生，而我却像一块坏掉的钟表，永恒地停留在某个时间里。爸妈昼夜不停地辱骂我，几乎要与我断绝关系，妹妹看不下去，把我接到她工作的城市，与一切负能量隔绝开。

"哥，我相信你一定可以好起来的。"笑笑说。

她用她微薄的薪水租着公寓养着我，她的坚强更加映照出我的无能。于是我开始看书，准备再次考大学；我开始对外人笑，像一切阴霾都过去。但这一切都是假象，妹妹一关上门，我就会出去偷东西，我一点也不想好起来，我一点也不想拯救自己，我是懦夫、废物、无耻混蛋，谁也别指望我。

可我无法拒绝女孩那双与她太过相似的、泫然欲泣的眼睛。

在接下来的影像里，女孩冲着放映孔讲述了自己的事迹——拥有模特理想的小镇姑娘，独自来到大城市闯荡，遇到一个自称可以帮她实现梦想的"好人"。她住进这个人的公寓，努力完成他安排的工作任务，替网购卖家做试装模特。最初的几天，她的确穿上了许多漂亮裙子，拍下美轮美奂的影像，可后来不一样了。黄晋撕开她的衣服，并囚禁了她。

"他威胁我不能说出去，我的存在要是被周围人知道，他就会杀了我。如果你能看见这段影像，请你救我。"女孩压低声音，渴求地说。

那天我潜入黄晋的屋子，除了机器以外，并没有发现人。这个女孩现在在哪呢，我满腹疑惑，按下右键。

下一段影像里，女孩的手不停比出拿起放下的姿态，在整个空间走来走去，嘴里解说着："我把沾着黄晋精液的内裤塞在这个抽屉夹层里，这是重要证据。这块瓷砖上有我刻的求救信号，证明我被囚禁了。这个笔记本里有黄晋的个人信息，如果我遇害了，就拿这个去举报……"

可惜，投影机只扫描过她的数据，能投射出的只有她的身影，对她手中物品和脚踏区域都无法显示。我看她拿着一团又一团的空气认真地向我展示证物，心里一阵无力。看来想要救人，黄晋的家我得再偷一趟。

第二段影像，女孩以一个奇妙的半悬空姿态摔进屏幕中，男人的声音传来："还敢往外丢纸条？谁教你的？说！"

"我不敢了，再也不敢了……"女孩瑟缩着身子，满眼都是血丝。

"再被我发现，我就砍了你的手。"男人威胁道。

女孩一阵颤栗，空洞的眼神瞬间聚焦，仰起头大喊起来："我叫余静！山城人！我被关在海河市锦绣花园 12 栋里，快……"

女孩的腹部忽的瘪下去，像被谁踹了一脚，她捂紧肚子，发出痛苦呻吟。

最后一段影像中，女孩显然已经被折磨了许久，才有机会到投影机面前。她面黄肌瘦，形容枯槁，抖着手打开投影机，声音已经半哑："来不及了，黄晋要动手了……"

我在昨天才偷出投影机，说明这段影像最晚也发生在昨天下午以前。如今至少过去一天，女孩是死是活？黄晋下手有这么快吗？他会用什么方式杀人？问题诸多，可时间紧张，我来不及思考，必须赶紧行动。我紧皱着眉，门在此刻突然砰砰砰被敲响。笑笑的声音在外头响起："罗宇，你给我开门！"

我拧开门锁，笑笑气势汹汹地冲进来："你什么意思，不考大学了？"

"我有更重要的事情要做。"我说。

"什么事情比考大学还重要？"笑笑瞪着我，我指向投影机。

五年前我刚考上大学时，春风得意，升学宴吃了八天，全镇的人都知道我的名字。高中老师对我的评价，从最初的："罗宇，你就玩吧，迟早毁了自己！"到对学弟学妹的谆谆教诲："不要老觉得自己聪明，你们看罗宇，玩了三年还能考成状元，你们能比吗？这才叫真聪明！"

我对顾郁青说："你多有眼光，高中就把我拿下了，现在成了状元夫人，多长脸。"

顾郁青翻着白眼："又不是国母，有什么牛气的。"

"这可说不定。你多鼓励我，指不定哪天我扎入政界，咱们就名垂青史了。"

"得了吧。还名垂青史，你不臭名远扬我就谢天谢地了。"

她估计也没想到自己一语成谶。从我拎着行李箱踏上火车之后，我就再没有了那天的豪气。大学里遍地是状元，人人散发着强劲的磁场，我那边打游戏边背单词的功夫进了这磁场全部失灵。顾郁青每周给我打一次电话，我总是在做题，她笑我秋后从良，我挤不出笑容回应。半年后，她给我打电话，就只能听见我这头的游戏音效了。

"罗宇，你状态不对。"她不再开玩笑，语气严肃。

"没事。我以前不是也这样吗?"我闷声回应。

"以前你对功课充满自信,可现在我一问,你就扯开话题。你变了,这很危险。"

"我什么样我自己清楚,用不着你操心。"我带上了怒气。

后来我们开始频繁地吵架,为了前途、为了假期安排,甚至为了去食堂吃饭还是点外卖。我们身处不同城市,难得的放假见面机会全用来吵架,两个人都精疲力竭。最后一次,她坐了一夜的火车来我学校,而我团战正酣,甚至空不出时间看她一眼。她静静地在我寝室待了半小时,然后说:"罗宇,我们分手吧。"

我没有说话,她推开门走了出去,而我再次点击屏幕上"开始游戏"的标志。

我顺着前一天踩下的印记,再度翻进黄晋的家。正值上班时间,这一片房子大概都处于无人状态。我溜进女孩的房间,回想着她在影像中的动作,在房内搜寻线索。我从床单与床垫间的夹缝中找到笔记本,里面用潦草的笔记写下黄晋的信息,43岁,本地人,就职于悦腾科技公司。这是个有些熟悉的名字,我在脑内检索记忆,耳边却传来拧开门锁的声音。

糟糕,他回来了!我把笔记本塞进口袋,奔至楼梯口,脚步声显示来人已上楼。来不及了,我跑向屋子最右侧的房间,拉开窗户,果然看到隔壁住户二楼的小阳台。感谢这群喜欢欧式建筑的老板，为了美观不装不锈钢护栏，给我减了不少麻烦。我扳着拱形的雕花外栏，向隔壁攀越。滚进内屋后，我半跪着躲在窗边窥探，看见黄晋出现在我出逃的房间，摸着打开的窗户若有所思，随后又把怀疑的目光投向这里。

看来必须与这个人渣打个照面了。我扯下身上的 T 恤，奔向浴室。

成功骗过黄晋后，我重新穿好衣服，手机在口袋里震动起来。

是笑笑的电话。临走前，我让她把女孩留下的最后一段影像看完，寻找女孩被藏匿地点的蛛丝马迹。笑笑显然是已经发现了什么，电话一接通那头就兴奋地喊："我找到了！投影最后出现了一双男人的皮鞋，上面有泥！"

这几天里只有前夜下过雨，那恐怕就是作案时间。那么地点呢？我走到窗边，眺望着黄晋家。从外部看，这栋楼房安静平常，院落里摇曳着几束菊花，更增添了几分恬雅。若不是投影的存在，恐怕没有人知道里面发生了一起虐杀事件，恶依旧无声无息地隐藏在尘世里，和四年前毫无分别。

等等，菊花？我怔了怔，猛然瞪大眼睛。

"笑笑，你快报警！然后带着投影机过来，马上！"我对着电话喊。

电话挂断后，我已经抓着铲子站在黄晋的院子里。那一排菊花底下是深一色度的土壤，明显是新翻过。我用力把铁铲插进泥土，拔出来尘土飞扬。

"余静！余静！听得到我说话吗？"我大声喊着。

底下没有声音，我更卖力地挥舞铲子。

上一次这么倾注全力，大概是顾郁青和我分手的时候。我知道我的生活从那一刻起便开始崩盘，因此对眼前的游戏无比认真，只想尽力延长战斗，不想面对游戏外令人绝望的未来。

我杀了三十多个人，势如破竹，对面的玩家见到我就躲着走，语音频道里传来敌方抱怨的声音："对面的 ADC 疯了吧，追着人杀！"

"别理他，不知道哪个屌丝，现实生活没人待见，来游戏里找爽。"

我朝那两人扑上去，一套技能下来，系统跳出胜利提醒，再没有人敢说话。我不依不饶，疯狂出招，把前来营救他们的队友也收入囊中。敌方无法忍耐，最终五名玩家气势汹汹地一齐冲上来包围了我。

"你有病？给脸不要脸？信不信我们弄死你？"那头说。

"来啊！老子干你全家！"我对着话筒嘶吼。

他们一同对我放招，我艰难地抵御着，眼睛死盯屏幕，手里疯狂敲击。

放在桌边的手机在此刻突然亮起，来电显示"顾郁青"。

我看了一眼，操作键盘的手有一瞬间暂停。那头厮杀猛烈，我的血条掉了一半，我赶紧把注意力重新放回屏幕。

手机在桌上响着，嗡嗡的响声被游戏音效淹没，细微的震动让我手臂微麻。

我全神贯注搓着键盘，心脏剧烈跳动。

嗡——嗡——

屏幕上敌人的身影渐次倒下，我的血条也逼近清零状态。我咬咬牙，挥刀一斩——

嗡——

系统跳出对我的赞誉，我如释重负地抬起手，眼睛瞥向手机。

它已经安静下来，呈现在眼前的是一片死寂的黑屏。

也许是挖掘的动静太大，我原本预估要搜索半条街，至少半小时后才能回来的黄晋提前出现在我面前。此刻我已经挖出一个小土丘，站在原地进退两难，只好拎起铲子，对准他。

"果然是你，小兄弟，溜门装傻的手艺不错啊。"黄晋慢条斯理地打开大门，走进院子。

"你也不赖，没两分钟就知道要回头。"我瞪着他。

"知道为什么吗？"黄晋指了指大门角上一处黑点，"我在这儿装了监控。你在我家做什么，我一清二楚。头两回没看着正脸，这下倒是看清了，长得还行，可惜了啊。"

"这么说，你在这里埋人的过程也被拍下来了。"我用铲子敲了敲地面。

"前天晚上的录像我已经删除，现在能找到的，只有你三次翻进我家的画面。"黄晋笑眯眯的，眼里溢满阴鸷的光，

"你猜，我把这个交给警察，他们会认为是谁杀的人？"

"投影机在我手上，比证据，我比你有理。"

"哈哈哈，小兄弟，不看新闻吧？投影不能作为证据，因为有造假的可能。现在投影制作行业这么发达，想演个影像栽赃别人，再简单不过了。何况，投影里面根本没出现我的身影，对吧？"黄晋颇为得意，"鄙人不才，任职于投影制作公司，深知其中利弊，从未在任何机器里面录入自己的信息。"

我一愣，想起昨天溜进黄晋家把玩投影机的时刻，那束红光似乎已经把我扫入了系统，眼下局面对我更加不利。

"我劝你呀，放弃吧，"黄晋指着地面，"人已经在里面待了一天一夜了，怎么可能还活着？你现在放弃，咱们的事一笔勾销，你把投影机砸掉，我把监控清除。你还这么年轻，不想蹲监狱吧？"

"她只是个想做模特的普通小女孩，你为什么要这么对她？"我的声音冷得像一截冰。

"她好骗，仅此而已。"黄晋轻描淡写地说。

"我刚好拉到她而已！"

满脸油腻的出租车司机面对扑过来拽住他领子的少年，不情不愿地说："追债的都杀到我家去了，我有什么办法嘛！"

"她都给你钱了！她给你了！你为什么还要杀她！"少年用额头用力顶着司机的脸，嘶吼着，像是要咬下对方的鼻子。

司机惊恐地把头转开："哎，你们管不管呐……"

两个警察冲上去，钳住少年的四肢，把他从司机身上拽下来。少年挣扎着："我要杀了你！不讲信用的王八蛋！"

司机见没了威胁，语气嚣张了些："我一开始也没想弄死她，谁让她要打电话报信的，我一时害怕，只好……"

张牙舞爪的少年闻言，登时愣住。

我一开始也没想弄死她的——

谁让她要打电话报信的——

那通未能接起的电话浮现在眼前。

少年无神的眼睛涌出大片泪滴，身体像被抽取了骨架，迅速瘫软下去。

"想通了没有？"

重新抬起头时，黄晋已经站在我面前，一手搭在我肩膀上，笑眯眯地看着我。

我一言不发，用力推开黄晋，看他踉跄地退后几步，我握着铲子再度机械地剐蹭地面。

"你这个人是不是死脑筋？我都说了，已经没用了。"黄晋有些愤怒。

已经没用了——

满身刀口的少女倒在一片血污里，手里紧紧拽着手机，屏幕上显示一个并未拨通的号码。

顾郁青的笑声灌满我的耳朵，她的眼睛明亮得像星星，口齿微张。

"哪有什么意外，我看只有你故意害我。"

除了我以外，没有人能救你。

你相信了我，可我却没有做到。

水雾在我眼中汇聚，眼前的一切都变成花白的色块，我咬着牙，拼命摇头。

我已经错过一次了，这次绝不能放弃。

细小的声响从地面之下传出，像是叩击什么的声音，"铛铛"。

我和黄晋同时怔住。黄晋向我扑来，试图抢走铲子，我迅速反应，全身像重新被注入能量，一把掀翻黄晋。

黄晋摔倒在地，疼痛地发出一声闷哼，而我趴在地上，耳朵贴近泥土，大声喊着："余静！是你吗？你还活着吗？"

铛铛。

我喉咙几乎梗住："你坚持住，我马上就来救你！"

我更加卖力地挥舞铲子，黄晋还想站起来，笑笑的身影在门外出现。

"哥！"她喊了一声，黄晋停下脚步。

哐——铲子铲入一个硬物中，无法拔出。我踩在铁铲上端，下压木棒，用力把硬物翘起。

那是一个木箱顶盖，边缘两块木板被铲子撬断，破出一个出口。木板上粘着一块黑色物体，我来不及确认那是什么，便扑向木箱，对着里头大喊："余静！"

"你终于来了……"

余静蜷缩在里面，眼睛里波光闪动。我朝她伸出手，想把她从木箱里拉出，可我的手指却穿过了她的身体。

我怔住。

"恭喜你，我的英雄。"余静眼睛一眯，脸上的表情突然变了，嘴角弯起颇为职业性的微笑。

我愕然地目光上移，看到木板上的黑色物体，那是一个投影机。

是投影……余静这个人，从头到尾，都是投影。

远处站立着的两人突然统一地鼓起掌。笑笑兴奋地奔向我，给我一个拥抱："哥，你做到了！你把她救出来了！"

什么情况？眼下的一切突然变样，我猝不及防，茫然地瞪着眼。

"罗先生，我是你的'梦想辅助官'，黄晋。您定制的'生活里的超级英雄'梦想套餐体验已经结束，我们全程记录下了你的英雄时刻，你可以购买它留作纪念。"黄晋收起那副阴森的笑意，表情变得平和。他指着大门处的监控，又低头看了一眼表，"现在是上午十一点零五分，体验总用时为 37 小时，费用包括剧情设计、道具制作、租赁房屋和设施费，账单五日内会寄到你提供的地址。"

笑笑后背一僵，撇过脸去用力咳嗽起来。

我看着黄晋，终于想起"悦腾科技公司"这个名称耳熟的原因。这是笑笑就职的保险公司的大客户，主营投影制作。签合同时，笑笑去悦腾观光，回来后开心地跟我描述："哥，你知道投影技术为什么这么热门吗？因为它完全由你打开，由你选择，真实地呈现在眼前，所以可以骗过你的眼睛，让你相信它所制造的一切。"

她大概是发现了我的偷窃行为，准备用这项技术替我解开心结。

我低下头看她，笑笑心虚地把脑袋埋得更深。

仔细想想，这整件事似乎都是由她推动的。她告诉我锦绣花园 12 栋总是没人，她说她想要一个投影机，她阻止我删除机器里的影像，她发现余静留下的最后一段影像中出现带泥的男士皮鞋。可投影里本应该只有余静的身影，其他一切物品都无法显示。

若是我静下心来好好思考，就能发现，她早就知道全部剧情。

"笑笑，你骗我。"我无奈地说。

"我只是想给你个机会……做你没能做到的事。"她的声音听起来很坚定。

我被拔走了全身的力气，疲倦像浪潮一层层涌上来。

"所以她还活着，对吗?"

"谁?"

"余静。"

"对，她是悦腾的员工，我每天都能见到她。"

时隔五年，我依然什么也没做到。可是——

"这样就够了。"我闭上眼睛，长呼一口气。

黄晋蹲在木箱前，小心翼翼地拆下投影机。然后将放映孔对准我，放出一段影像: "感谢两位惠顾，这是我们公司的宣传片，欢迎你们再次光临选购。"

荧光闪烁的屏障里，无数人影浮现。一张张笑容洋溢的脸庞包围了我。她们眉眼里飘浮温柔而宽厚的光，落在我身上。

"谢谢你，我的英雄。"

"在这个世界上，我最爱的还是你。"

"希望你幸福安康。"

"痛苦都会过去，我会一直陪在你身边。"

······

投影从四面八方涌来，组成了人的海洋。熙攘的人群里，我再一次看到了顾郁青。她像梦境中那样站着，脸上带着恬静的笑，静静地看着我。

"你放心吧，我会好起来的。"

我收拾起满脸的泪痕，像她一样展开笑容。

所有人手拉着手向我跑来。而她在簇拥和欢呼里背过身，慢慢走远了。

相反数之境

【0】

在你听这个故事之前，我想问你一个问题：你做过弊么？

我第一次作弊在九岁，打 CF 一下午被人爆头十几次，人物倒下所产生的视觉晃动频繁得让我几乎产生晕车的感觉。开到第十九盘，我关掉界面，开始上网搜索外挂。我一口气装配了三个，重新打开游戏时，我隔着好几堵墙还能清晰看见敌人，用一只沙漠飞鹰也能打出狙击枪的准确度，迎面而来的敌人隔着遥远的距离就溅血倒下，屏幕广播上滚动出现我的名字。在那之后我每一盘游戏都是全胜，战绩让我那帮哥们目瞪口呆，他们的表情我现在还记得，好像我在游戏上有什么天赋似的。

我享受这种误会，这也可能是我作弊上瘾的原因。毫无疑问，人类都是喜欢不劳而获的，但是在这件事上能做到如此出色的，恐怕只有我一个。

我是人生这场游戏的作弊者。

【1】

中学前的暑假我都在奶奶家度过。那是一个偏远封闭的小山村，夜晚刮阴森的风。我睡不安稳，做光怪陆离的梦，有时在深夜吓醒，奶奶就用她那双粗粝的手一下下抚摸我的后背，平静地说："乖乖莫怕，梦都是反的。"她手上带着一个银镯子，上面挂几颗铃铛，随着她手的动作"叮铃叮铃"响着，在深夜显得异常清脆。

上初中以后，课业很忙，我并不勤勉，理所当然成为老师眼里的差生。有一次我梦到考试不及格，结合自己向来糟糕的课业，推测这是周公给我的一个生活预警，于是一整天都心情郁丧。那天数学课上教了新知识点，"何为相反数"，老师给我们举例："就像同样是考试，有的同学我想给他加100分，有的同学我想给他扣100分，这俩同学就是相反数。"大家笑着，老师望着我，我更加郁闷。

下课后，老师把试卷发下。我闭眼祈祷许久，睁开眼却看到右上角一个鲜红的"100+"。老师站在讲台上，冲我微笑："不错，进步很大，继续加油。"我懵了半天才反应过来，拼命点头。回忆起昨晚的梦，我不可避免地想起奶奶那句笃定的话。眼下事情发展的确和梦境呈现着相反的方向，原先觉得毫无道理的语句突然有了现实的例子作为依据，细碎的铃铛声在我耳边荡漾开，我逐渐觉得脊背发凉。

难道……这句话是真的？

我努力回想梦境里的细节，试图与现实对照验证真伪，但我已经记不清梦里大半情景。明明才这么短时间，身体这种诡异的忘性让我觉得不同寻常。

它一定是在隐藏什么。我心里有无数好奇的浪潮在翻滚。

回家后，我来不及向父母展示我史无前例的 100 分，就先打开电脑搜索"记住梦的方式"，并且通过页面中第四个词条的显示，一头撞进了清明梦的世界。

世界各地有无数人和我一样试图去记住梦，所以才诞生了这样"在梦中知道自己在做梦，然后用清醒的意识去记录梦境"的训练方法，贴吧和论坛里有这群实验者发布的记梦帖，但大多数人只是在梦中逡巡，欣赏那些潜意识里的风景，然后醒来。我知道我想要的不是这些。

练习清明梦对我这种野心膨胀的人来说不是很容易。我想要记住梦，并且去控制梦，但最初几天我只是迷蒙地在梦里跟着莫名其妙的剧情游走，醒来只记得零星片段。在梦境中，每当我终于有一个瞬间明白"我在做梦"，兴奋地打算记忆，意识便立即挣扎着要醒来，我会感觉到梦境之外的自己心跳逐渐加速，鼻息变得清晰，而思维在急速地上升，有股气流冲向脑门拨云见日地喷涌出来，脑袋里全是鼓噪的噪点，然后我惊醒。

梦在驱逐我，它不想让我记住它。

我探索的欲望更加旺盛了。为了悄无声息地确认自己在做梦，我做了各种努力。比如尝试吐舌头（在梦里你无法看见自己舌头），比如背诵一首诗（在梦里你的记忆混乱无法背诵），比如在冬日夜晚设定自动开启的冷气，对自己说如果感觉到异样的寒冷就是在做梦。这个方法让我差点得了肺炎，咳了好几个星期。

那段时间里，我睡觉总比清醒时还要疲惫。

我大概用了三个月时间才学会清明梦，彼时我已经成为一个在梦里没有情绪的人。为了不打扰那个娇贵敏感的"相反数"，我必须时刻保持平静，像个机械。我尝试用意识指导梦境发展，第一个任务是让无目的漫游的相反数蹲下，看似容易，却反复实验了半年。我不停做指示，"弯腰"、"前倾"、"屈膝盖"、"重心下压"……而相反数总是不受控制，不是一动不动就是直接摔倒。当有一天相反数真的曲起了身子，我许久没有剧烈运动过的心脏突然重重地跳了一下，我又像新手一样回到了清醒的边缘。我感觉到眼皮在颤动，我马上就要醒过来了。我努力克制住心中的雀跃，回到梦境里，让相反数反复蹲下起立，起飞遁地，做一系列奇怪的动作，他一一照做。我在梦里对相反数说："你做到了，你可以开心笑了！"他听话地露出笑容，而我最终还是没能忍住喷涌而出的复杂情绪，睁开眼睛满脸都是泪水。我成功了，我牺牲了将近一年的睡眠，舍弃了激动的权利，终于征服了梦。

那年的我像所有没有获得过关注的小孩一样，成功后的第一个反应是炫耀。我登录清明梦贴吧，发表了一个名为"实验开始！"的帖子，用满篇的感叹号表达了终于成功操纵梦的心情，然后对着这些我以为志同道合的伙伴公开了我的计划——

"有一句中国俗语大家都听过，梦是反的。你的爷爷奶奶爸爸妈妈三姑六婆可能都说过。但是大家有没有想过，为什么梦是反的？有谁做过实验？又是谁总结的规律？为什么它作为一个没有被验证的判断句，却能像真理一般广泛流传？有没有可能，这不是个简单的俗语，而是被大家忽视的真理？各位控梦师们，我们学会了记录并控制梦，就担起了验证这句话的责任！如果验证成功了，人类就可以掌握自己的命运！这是一个造福人间的行为，也是一个改变历史的行为，我要开始实验了，有没有人要加入？"

你看，我曾经是想过要用这个发现干点好事的，但是我被嘲笑了。帖子下头充满了"青春少年多中二"、"楼主有病得治"、"这也有人信"之类的回复，还有人表示他只用了一星期就成功控梦了，而我花了一年，在这方面实在没有天赋，就不要痴心妄想了。我被这些回复气得差点砸了电脑，决定要用实力震慑这帮自以为是的人，于是我回复了一条："燕雀安知鸿鹄之志！就让我来告诉你们你们有多愚蠢吧。实验今晚开始，请大家拭目以待。"

放完狠话之后，看热闹的人逐渐增多，帖子瞬间刷了好几页，所有人都在等我的"鸿鹄之志"，我有些骑虎难下。我对这个实验并没有多大信心，原本打算发表一个"考了不及格"的梦境构想，再附上一张满分试卷作为证据，这样即使实验失败也可以手动伪装一下，但很快我发现这不能满足他们。我焦躁地用手指敲着桌面想着对策，仙贝突然在房门外叫了几声。

仙贝是家里养了两年的宠物犬，抱回来时只有老鼠大小，如今已经是一只成年金毛，出门要拴着狗链，还经常拽着你跑。我爸爱狗，和仙贝亲近，但我和妈妈都有洁癖，对一地的狗毛和狗身上挥之不去的骚味恨之入骨。平日里我爸喂狗，总是倒好狗粮，然后敲一敲食盆，仙贝就撒欢地跑过来，眼下他一定是把我敲桌子的声音当作开饭的号角了。

我想到那股狗骚味就在门口，心里一阵恶心，正打算起身把它赶走，脑海里猛地跳出一个画面——一条大型犬横尸街头，路人纷纷驻足围观。我站住了，突然发觉这是一个绝佳的实验品，怎么说也够喂饱那群网络秃鹫了。

我摸了摸仙贝的头，走向厨房开了一包狗粮，给它倒了平日里两倍的量。

当天晚上，梦境里的仙贝拥有我从没看过的机灵劲儿。它闯入车水马龙的繁华街道，然后奔跑，弹跳，纵身飞越，机敏矫健得好像动物电影里那些明星狗一样。我就站在街道对岸，像十分爱它似的，冲着它激动地喊："仙贝！快来！你好样的！"仙贝看着我，自豪地汪汪叫，眼睛里倒映着那些明亮的车灯。我耳边刹车声响成一片，仙贝在车的缝隙中穿梭，一路向我跑来，跑来，在离我三米左右的地方，它突然腾空跃起，把我扑倒。

早上起床时我觉得身体十分沉重。

我像往常一样刷牙，洗脸，吃早餐，看天气预报决定要不要带伞。做完这一切后，我握着手机等着。今天家里异常安静，父母都不在，也没有狗叫声。五分钟后，手机屏幕亮起来，我妈在那头告诉我，她帮我请了两节课的假，让我现在到小区门口来一趟。

仙贝就躺在那里。晨练的大爷大妈们围成一圈看着，指着不远处一辆红色汽车说，昨天晚上这个人可能是喝了酒，哐哐撞死了一条狗，又摇摇摆摆撞到路灯上，脑浆都喷出来了，我们直接报了警。物业正在询问我爸怎么处理狗的尸体和血迹，我妈在旁边颇为纳闷地嘟哝："奇怪，昨天晚上明明锁了门。仙贝是怎么出来的？"我看着那辆红色汽车，我站得很远，但依然能看清车窗上斑驳的血点，好像在描绘它主人死得有多惨烈。我在心里默默道歉——对不起啊，我不是存心想害你，我没有说非得什么样的车才能摊上这事，我只是想试试看这是不是真的。这辆车可以是黑色的、蓝色的、白色的，但总得有一辆。真的，对不起了。

"梦是反的"被我验证了。我以为我可以通过塑造一个过程清晰细节详实的梦境去改变与之相对应的现实，但如今我发现我不能控制现实的全部。我规划了一两件事，却不能规划它们所产生的连锁反应，我最终不是上帝。我给仙贝拍了张照发在贴吧上，告诉他们实验成功了。然而依然没有人相信我，他们只是一个劲地说"楼主变态杀狗狂魔"、"根本没什么实验，你这个虐待动物的人渣"。围观的人比之前更多，大家越骂越过火，我疯狂地回帖解释，并说出车祸事件来证明"梦反理论"的神奇，但所有人都以为我疯了，辱骂和嘲讽淹没了我的申辩，最后吧主把这个帖子封锁。

我给吧主发私信:"你相信我吗?"三个小时后他回复我:"你不配做控梦师,你毁了大家的快乐。"我盯着这句话看了十分钟,很久之后才发现我的指甲深深卡在手心里。

　　我盯着指缝里斑驳的红色血液,一点点咬紧了牙。去他的造福人类,去他的改变历史,去他的愧疚感和认同感,你们不相信我,就别怪我自己玩了。全世界只有我一个人知道"梦反理论",就算你们把我逐出了游戏,我还是最大的赢家。

　　从那一天开始,我的人生就开启了作弊模式。

【2】

　　这世界上还有像我一样做噩梦还能做得兴高采烈的人吗?

　　我通过"梦反理论"给自己设定了一连串噩梦,并通过这些梦境考上了最好的高中、最好的大学,日夜打游戏不听讲还保持优秀成绩,暗恋的姑娘一个个对我投怀送抱。我越来越帅气,运气越来越好,买瓶雪碧都能中香港十日游,过着几乎完美的生活。

　　有时候我回过头来看看梦境里的自己,那个被人为选择了所有最坏选项的自己,拥有黯淡无光的眼神,瘦得脱型的身躯,日子里没有明媚,全是可以预计的失败和绝望。一想到我曾有几率过这样的生活,我就无限感慨作弊是一件多么美好的事。

　　但有一件事情比作弊更加美好,那就是严芊。

我为什么会喜欢严芊，我自己也不清楚。回想起我们遇见的那一天，诸多细节也没有特别之处。那天我们都在上英语课，我坐在像古罗马斗兽场的阶梯教室里，看着老师在最前方的小角落里转来转去，正打算睡一觉，身边的人突然用笔戳了我一下。

我转过头去，看到了严芊。严格来说，她不算是漂亮姑娘，漂亮姑娘在开学的时候就被我一个个丢进了梦境里。那些女人在梦里个个高傲得不得了，对我的告白不屑一顾，在现实里却撒娇卖萌，粘人又温柔。我的室友们称我为"情圣"，积极地向我讨教撩妹秘籍，而当我告诉他们我的新目标是严芊时，他们面面相觑，沉默了好一会儿，才说："大哥最近想换换口味啊……"

我记得她有一双潮湿的眼睛，像在蒸发一样冒着雾气，说话时长久地看着你，她说："同学，能借你手机查下资料吗？我手机没电了。"我忘记了我当时是什么反应，我在那堂英语课上睡着了，没有做梦，这段时间在我的记忆里是个空白。下课后她把手机还给我，依旧长久地看着我，眼睛里的波浪在翻腾："谢谢你，同学。"

那双眼睛后来总是在我梦里出现。奇妙的是，我并没有事先设定过有关严芊的剧情，她是平白无故出现的，这对一个常年控制梦境的人来说不可想象，就像一个枪艺精湛的人突然有一天忘了上保险。以前从未发生这样的情况，我猝不及防，隐隐觉得我的生活将会发生什么变化。

严芊是特别的，一定是。

不知道是不是心理作用，那天之后我就频繁地遇见严芊，在上课的路上，在食堂的队伍中，甚至在周末游玩的广场里。我们很快知道了对方的名字，交换了联系方式，越相处越亲密。我仔细地观察着她，这个女孩跟我以往接触过的并没有多大区别，爱笑爱生气，买各种动物形状的布偶和各式各样的裙子，唯一不同也许就是她总是一个人。

那时候我们俩已经是同吃一根雪糕的关系，但双方都没有表示过什么。我问她为什么没有要好的同性玩伴，她告诉我她喜欢一个人待着。我打趣地说："你少来，你明明整天跟我在一块。"她认真地看着我，一字一顿地说："因为我喜欢你呀。"

说起来你别笑话，即使我已经跟无数漂亮女孩谈过恋爱，但那一瞬间我却有了初恋的感觉。也许是因为严芊是唯一真心喜欢我的人。我的意思是，我甚至还没有把她放进梦境，她就已经认真地向我表达了爱意。我记得那时候我心脏的跳动，比我第一次学会操纵梦境时还要激烈，我明明应该是个情场老手，但此时却手足无措，只会看着她傻笑。

我心中有一万句赞同。我回望着她，想象着自己眼睛里也有如她一样的波澜，然后我张开嘴，却说了一句："我不喜欢你。"

……

我看到严芊的目光一下子黯淡了，牵着我的手缓慢地抽了回去。而我陷入了对自己的震惊和怀疑中——这不可能！我想说的话怎么会突然转了个方向？我一遍遍试图重新开口向严芊解释，但我的嘴像被封死了，硬物堵住喉咙，什么也说不出来。我焦急地看着她，发不出一个音节，全身像是被奇妙的力量攥紧了一样，那种力量让我想起我最初开始训练清明梦时总是经历的糟糕事件——鬼压床，那是梦对于窥探者的反噬。

想到这个，我突然醍醐灌顶般地意识到一件可怕的事情。

——难道，是他？

【3】

那天晚上，我没有设定任何剧情，带着空白的脑子警惕地进入了清明梦。

我从空中飘下来，像一阵无形的风。我在空中远远地看到了相反数，他正背对着我，像往常一样漫无目的地游走。

我跟着相反数，看他穿越了五个便利店和两个公交站，然后突然停下来说："怂包。"

他在跟谁说话？

相反数缓慢地转过身，眼睛望着我，嘴角勾起："当然是和你。"

按理来说，我现在应该是他眼前的一片空气，但他却能精准地找到我的位置。我确定了一件事，相反数已经脱离了我的控制。

"果然是你，你为什么这么做？"我尝试与他对话。

"你看到那辆公交了吗？"他指了指前方，一辆721刚好进站，那是我高中时期每天要搭乘的一个车次。

151

"就因为你想要睡懒觉，三年来我没有一次乘上过这趟公交，"他面无表情地说，"于是我每天跑着上学，迟到后被教导主任拎出去训斥。三年来我跑出了一对壮硕的小腿肌肉，而你还是副小鸡仔样。大学以后你上体育课，想展示一下身材，就安排我骨折静养，肌肉萎缩。你清醒的时候就是我的睡眠时间，我在梦里看到你用我的肌肉弹跳，做了一个漂亮的扣篮，而我居然还感动得鼓掌。"

他看我的眼神好像我是个罪人，我心底慢慢爬上来一股羞愧的燥热。

"要是没有你，我就不用做一个怎么努力也无法成功、糟心事一堆，未来没有盼头的梦境人。我们身处两个相反的世界，平分好事坏事，我不打算抢夺你什么。可你太贪心了，这两个世界失衡太久，是时候该回归正常了。"

"什么意思?"听到这个词，我心里冒出一股不祥的预感。

"你再也不可能控制我了。"

721重新启动，相反数再次转过身往前走，我还想追上去，但一股无形的力量扑面而来，像一个凌厉的巴掌。我感觉我被这力量裹挟着，迅速上升，感受到一种熟悉的喷涌过程，穿过了大脑皮层，脑海里一阵嘈杂。相反数登上721，我看见他朝我挥手，然后我就醒过来。我尝试着再次闭上眼，但心跳如擂鼓久久不平，翻来覆去无法入睡。

一切就像我还没学会清明梦时一样，梦发现了我，梦驱逐了我。

我在黑夜里徒劳地睁着眼睛，恐慌在心底一层层堆积。

【4】

使用外挂的游戏玩家在什么时候赢不了比赛呢？

——对手拥有游戏攻略的情况下。

他比你熟悉规则，比你熟悉这个世界打怪升级的上升道路，在你一次次摸索前路，在碰壁中耗费时间的时候，他就已经以最高效率寻找到了开启下一关卡的钥匙。

与相反数正面相见以后，我又多次尝试着潜入梦境，看到我的梦在短暂时间里改头换面。那个家伙本来就在梦里生活了这么多年，对这个领域无比熟悉，有了自己的意识便更加如鱼得水。他把我之前破坏的世界重新修补好，那些曾经对我露出笑容的人对他露出了笑容，而每当我试图发布指令阻止这一切，便立即心跳加速，意识在大脑里急速地攒动，游离在梦醒的边缘。有的时候二号会转过身，梦里的世界骤然暂停，尘埃停在空中，而他对着我露出嘲讽的笑容："没有用的。"我知道，是他把我拎出去的。

我要怎么赢一个读过攻略的人？

我的人生变得乱七八糟。我开始彻夜失眠，只在白天零星做些白日梦。梦境里的我优秀、健壮、性格开朗，而相反的是，现实生活中我无比颓败，风采大不如前，室友们调侃我："大哥最近走艺术家路线。"也许很快他们就会发现真相。

我越来越频繁地感受到那种攥紧的、像鬼压床一般的力

153

量。有时候考试正文思泉涌，握在手里的笔却突然掉下来，全身再不能动弹，眼睁睁看着时钟一分一秒过去，收卷铃敲响。我每天战战兢兢地生活，害怕周围的一切因为一个梦就离我远去。我试图重新学习清明梦加深功力，但记忆力迅速地衰减，常常一下午连一行字也记不住。

幸好，在这种江河日下的境况里，严芊还是像往常一样对待我。

我发誓你没有遇见过像严芊这样好的女孩。我以往的女朋友，总是被我作弊得来的好皮囊和好才学吸引，我如今变成这样，社交网络里到处流传着她们对我的嘲笑，和"当初瞎了眼看上他"的侮辱。只有严芊依然陪着我，即使我现在一无所有，即使我曾经对她说过："我不喜欢你。"

那天在我说完这句话以后，她沉默了一阵，很快岔开话题："我们晚餐吃什么？"就像什么都没发生一样。她依然走在我身边，陪我出入大街小巷。每次我在令人绝望的白日梦中醒来，都能看见她坐在我旁边，安静地帮我抄笔记。她看着黑板，眼睛里闪着波光，笔下流出娟秀的字体，偶尔回过头来对我粲然一笑，那笑容是我能想象的所有美好事物的总和。看着她，时间好像都停滞了似的，好像一切都没有改变，我还是那个无所不能的我。一个胜者，一个君王，手里握着整个世界，身边偎依着爱妻。

这是我大崩盘的人生里仅剩的美好了。

不知道为什么，相反数夺走了我很多东西——就像当初我夺走他的一样，但迟迟没有碰严芊。我担心有一天严芊会与相反数搂抱、亲吻，这场景我光是想想就觉得要疯了。但事实是，严芊从未出现在我的梦里，相反数也仿佛全然不认识这个人，只是像之前的我一样和各大美女调笑。对于这点，我心里没有嫉妒，反而是感激的。

逆境真容易让一个人产生奴性。

"你最近看起来总是很困的样子？"回过神来，严芊已经把目光从黑板的方向收回来转向我，"睡得不好？"

"是，"我决定对她诚实，"失眠好久了。"

"早发现你不对劲。"严芊笑起来，眼睛眯成小小的一条缝隙，原先的波光被聚集了，仿佛要从那缝隙里流出一片海洋。她从包里摸出个药盒，丢给我。

我看着上面的字体，想起很早以前看过的电视剧，里面有个疯疯癫癫的女人握着差不多的药瓶子，不停地说："苯巴比妥，只要十片。只要十片……"

后面说的是什么呢，我有点想不起来了。

"我为了拿这个药啊，花了好大功夫！都怪你不自己去医院！"严芊嘟着嘴装作生气的样子，非常迷人。

我不喜欢看病。我惧怕对我做一切检查，我害怕有人发现原来我只是个作弊者，然后离开我。但那一刻我看到严芊嘟着的嘴，突然觉得就算去 CT 室把全身上下所有的骨头照穿也没什么大不了的，只要有她在就好。

我听着严芊的数落，忽而鬼差神使地问："严芊，你会离开我吗？"

"啊？"她愣了愣。

"如果——我是说如果，我是一个 loser，至今所有的荣耀都是靠卑鄙手段得到的。我不停盘剥别人，不停欺骗别人，我还杀过人，因为一个特别幼稚无理的理由，我杀了他，我一点悔意都没有，我还是想走捷径获得成功人生，我就是这样的一个人——你会离开我吗?"我听到我的心在跳，我的身体绷得紧紧的，说话声音既郑重又落寞。

"什么乱七八糟的，"她作势打了我一下，"你再不好好睡觉，就要跟这个世界说再见了。"

"你告诉我。"我扶住她的肩膀，看着她的眼睛。

她兴许察觉了我的认真，沉默片刻，一字一顿地说："我会陪着你直到最后一刻。这是我唯一能保证的事情。"

话音落了，我想我应该是笑了，因为严芊推开我："傻笑什么呀你。你记好，每天吃两片，就能好好休息了。"

"好。"我乖巧地应答，依旧长久地望着她，心里全是满足。

"重复一遍。"她不依不饶。

"每天两片……"说话的同时，我又想起那个电视剧女人的声音。

苯巴比妥，只要十片，只要十片……就能好好休息了。

我打了个激灵，握紧了手中的药瓶，某种突如其来的联想在我心中疯长。

如果我不能再干预梦境，是因为每次意识都会被相反数驱逐——

那么……

只要我无法醒来，相反数不就无能为力了？

我感觉眼前的世界突然亮了一下。

【5】

晚上，我吃了两片苯巴比妥。

药很有效，可能是因为我的身体从未受过镇定药物的影响，我几乎神速地进入了梦境。可我刚看清楚梦里的场景，眼前就刮起一阵飓风，我迅速地被二号丢出来，睁开眼时耳边还回荡着他的怒吼："别再妄想了！"

这一次入睡又泡汤了。我叹了口气，在黑暗中睁着眼睛，耳郭里持续不断的内耳鸣像是有谁趴在我身上冲我尖叫，身上的每一根骨头都疲倦地吐着酸气。我大口大口地呼吸，内心的挫败感像一场大雨浇得我满头满脸。

我真是太天真了，以为区区几片安眠药就能重新控梦，结果还不是被人几秒钟就扔了出来？

等等，几秒钟？

我突然停住，迟钝的思想少见地捕捉到这个异样之处。

以往我每一次出现，二号都不急着赶我走，而是让我观摩他的新生活，直到我忍不住开始下达指令，他才慢悠悠地把我丢出去，然后欣赏我气急败坏又无可奈何的表情。这是他这几年过的憋屈日子所养成的坏习惯，每一次都蕴含着报仇的毒针。可是今天，他却什么也没向我展示就匆忙赶我离开，态度还如此惊慌，难道……？

难道是，他怕了？

难道是，药的力量，真的能帮我扭转乾坤？

有这个可能，要赌！要赌！

我猛地从床上坐起来，用已经适应了黑暗的眼睛探寻着床头的安眠药瓶子。我把所有药片倒在手里，白色药片细小的粉末混合着我手心的汗变得黏稠。够了，我越数心情越激动，这个数量，足够我再开一场实验。

我不自觉地握紧了拳头，感觉药片在我手心缓慢地融化。我看着窗外，隐隐觉得明天会是个晴天。

有的时候你不得不承认我是个天才。

第二天晚上我吃了四片。第三天六片。药物的催眠作用对于身体来说是种不可抗力，相反数再也无法把我弄醒。我看到他越来越愤怒，推开我所用的力气也越来越大，而我的意识却像是灌了铅，沉重无比，有时候他把我拎起来甩出梦境，我又缓缓地落回边缘，二号惊慌失措地在下头伸出手准备再掸一下，而我嘲讽地回击："没有用的。"就像当初的他一样。

你不过是个梦，梦就该有梦的样子。看过攻略又怎样？现在，我可以改变游戏规则了。

吃到第八片的时候，我已经可以在梦境里自由出入，虽然改变现状还有些困难，不过在对抗下，他也不能再改变什么了。每次他试图经营梦，都被我干扰，他让 721 公交车平稳开来，我让 721 在两公里外报废；他组织一场与校花的约会，我则安排校草出现在他们餐桌对面；他把复习资料背得滚瓜烂熟，我改变了考试科目……如此往复，他的精力在与我的缠斗中消失殆尽。

与此同时，我的现实生活步入正轨。虽然不如先前辉煌，但普通人的生活让我这种刚经历过大起大落的家伙感到轻松。我像所有大学生一样听课，恋爱，吃喝拉撒，日子过得简单而幸福。但严芊却似乎对这样的生活并不满意，她的眼神变得忧郁，掩盖了原本眼睛里潋滟的光芒，和我说话时也时常心不在焉，左顾右盼，像在等待什么。可每当我问起，她便迅速地掩盖过去，这让我有些不安，觉得她有什么事瞒着我。

这个猜想在不久后被证实了。那天晚上我照例吃了八片苯巴比妥，带着愉悦的心情进入梦境，远远地看到梦境中有个熟悉的影子在奔跑，我眯着眼睛试图看清，那抹红色迅速地在街道穿梭然后消失。我想起这红色是我周末和严芊一起逛商场时买的红裙子，她说她快要过生日了，想买件喜庆的衣服，于是挑了个最正的红色。

找到相反数的时候，我听到我的声音在颤抖："你是怎么做到的？"

他笑了一声，样子很不像我："你以为吃点药就能镇住我？我只是陪你玩玩，你还当真了？"

我长长地吸进一口气，努力使自己的声音听起来像是在讲道理："这里的一切都是我抢你的，你要回去我无话可说，可是我没碰过她！她是独属于我的世界里的人物，不存在于梦，你不能……"

"我才抢你一件东西，这么快就受不了了？"他打断我，突然沉下声音，"那么对不起了，我还打算要更多呢。滚回你的世界去吧。"

说话之间，我又重新感觉到那股被拖出去的力量。他说的明明是"滚回你的世界"，在我听来却像是"下地狱去吧"。我闭上眼，努力使自己的意识沉下去，但最终我还是睁开了眼睛。

看见天花板的那一刻，墙皮上的纹路像是无数的鬼魅正在扑向我，我的腿无意识地抽搐了一下，踢翻了放在床头桌上的水杯，冰凉的液体顺着我的腿爬上来，那一瞬间我以为这是血，然后我想到了死。

他想要更多。我已经没时间了。

我的手剧烈地颤抖着，脑子里不停重复一句话，像是一串鞭炮噼里啪啦炸响。

杀了他！杀了他！杀了他才一劳永逸！杀了他才万无一失！

我抓紧了药瓶，拨通了严芊的电话。

【6】

深夜约会对谁来说都有些奇异，但严芊还是来了。她简单打扮了一下，脸颊右侧还有没抹匀的粉底液，身上穿着那条红色裙子，表情疲倦。严芊打了个哈欠，问我："这么晚了，到底是什么事啊？"

我拉着她在床上坐下，把事先准备好的借口告诉她：

"我好好听你的话，吃了几片安眠药。可我担心药效太强，我睡过头错过明早的课，只能拜托你人工叫醒服务啦。"

严芊皱眉，嘟哝了句："哪有那么夸张，闹钟就能喊醒你。"

可我已经喊不醒了，她来之前我吞下了瓶子里剩下的所有安眠药，我没有数，但那一定超过了十片。等她的间隙里，我已经头昏脑涨，站着眼皮都能阖上。服用这个剂量会有生命危险，但我没有办法，只有完全陷入昏迷，那家伙才无法逼离我，我打算最后再赌一把。在这几个小时内杀了那家伙，之后严芊发现不对再把我送去医院洗胃，我就还有救。我对严芊有着充足的自信，她会保证我活着的，她一定能够觉察我呼吸间那些细微的异常。

我一边讨好地央求她，一边在心里默默下了决心。等梦境再也不能干扰我，醒来之后，我一定要郑重地告诉她"我喜欢你"。

我真的入睡了，我给自己下了第一条指令：带上刀。

我再也不是一阵无形的风，我穿上了自己最帅气的一套风衣，带着一把军刀，英姿飒爽，大步流星，迎面对上了相反数的目光。我挑衅地扬了扬手中的刀，在意识的作用下，它锐利得挥一挥都有破风的声音。我说："这次轮到我说——你别想再控制我了。"说完就举起了手。

相反数的表情并不惊讶，反而像早已预知了一切，声音平静得不符合常理："我终于见到你了。"

我没想到他会这么说，举着刀的手在空中停了一下。

他看着我："我不是相反数。我是严芊。"

……什么？

我有点懵，第一直觉他在说谎。在梦境中捏造他人容易，但要使用他人的自我意识就几乎不可能——这又不是顶号打游戏。

"你刚刚告诉我，你怕睡过头错过明早的课。"他继续说。

我不可置信地盯着他。

"但你再也上不了课了，我不会叫醒你的。"他笑着歪了歪头，眼睛里一点光亮都没有，"这么多年了，我终于等到这一天。"

【7】

我不相信。

我不相信他是严芊，也不相信他说的任何话。

我绝不相信。

那天，相反数给我讲了一个故事。他说几年前有一个小女孩过生日，父亲有应酬，答应处理完马上回来陪她，为表歉意，他给女孩买了一条白裙子做生日礼物。女孩很乖，给父亲留了一半生日蛋糕，点着灯坐在床上等待，可是很晚父亲都没回来。第二天她听说，父亲车开得飞快，在路上为了躲一条突然冲出来的狗，撞上了路灯。她去了现场，警察递给她一个袋子。里面有父亲写的贺卡——"给宝贝女儿"，然后是那条白裙子，它现在变成了一条红裙子，父亲的尸体已经冰凉。

她一直以为这是个意外，是她个人的不幸，直到有一天她在贴吧首页推送里看到了一张死亡的狗的照片，她记得那条狗——她曾经把它当成罪魁祸首死死瞪着，她几乎记得那条狗每一根毛发的样子。她颤抖着点开帖子，然后她知道了事件的原委。

她的指甲深深嵌在手心里，她瞪大眼睛，永远记住了那个气焰嚣张的 ID。她决定要有所行动，可是后来帖子被删除了，那个 ID 也再没有出现过。她只好从贴吧入手，她发疯般地了解这个领域，得知唯一能与清明梦抗衡的，就是催眠。

——你用意识去操纵梦境，那么我就来操纵你的意识。

她不动声色地学习催眠，为复仇做准备。她每年生日给自己买一条红裙子，提醒自己记得这仇恨。她原本想要等到技术精湛毫无破绽的时候再去人肉 ID 地址，但她没想到机会来得这么快。那天她在英语课上借了一个陌生同学的手机查资料，点开百度网页，她看到右上角悬挂着那个熟悉的 ID。

账号内的资料一一吻合。她抬起头来盯着这个人，凶手原来长着一副这样的皮囊。

她忍不住要开始复仇。她早已经做好计划——在对方脑袋里灌输爱慕的意识，方便一直在他身边实施催眠。然后再一手架构"梦境反攻宿主"的幻境，逼对方狗急跳墙，吃下过量安眠药。这样他就是自杀，她可以全身而退。

她对自己的技术不算自信，但当她第一次实施，看到对方在课堂上睡着，再次醒来时望着她移不开眼睛，她就知道自己成功了。

自从父亲死后，她习惯了一个人，但如今为了复仇，她居然做到了几乎二十四小时守在敌人身边。那个人曾经利用梦境给自己营造出完美无缺的生存环境，现在，她没有改变任何现状，只是让对方不再相信了。明明完好的现实世界，却被对方想象成江河日下，她静静地看着对方越来越惶恐的样子，等着他精神崩溃。

如今，她等到了。如今，她就站在对方面前。

"我一直想要亲手杀了你。"

严芊说完，突然从我手中夺下刀，对着自己胸口捅去，刹那间血液飞溅，喷在我脸上，我的视网膜染上鲜红的色彩，所看见的一切都变成了红色。那刀片没进胸口一大半，而严芊笑着，一寸寸地往里推。

"你下地狱吧。"她说。

这句话果然还是出现了。我无助地站着，不知道该扑上去阻止，还是该补几刀。我的意识看着我喜欢的人在用我的身体杀我，这场景太复杂，我给不出应对方式。

严芊一刀刀地捅，我茫然地站在一边。我明明有很多事可以做，有很多话可以问，但此刻我却毫无理由地陷入了回忆里。我想起严芊那双波光流转的眼眸，想起她帮我抄的笔记，想起她为我所有不好笑的笑话所贡献的笑声，这一切好像就发生在前一分钟。我还记得她笑的样子，仿佛一万朵花同时开放。如今她也在我眼前笑着，看起来却不真实。我突然很想问她，这段日子里有什么是真的吗？

相反数身子一歪躺倒在地，再也没有站起来。我呆呆地看着异常空旷的梦境空间，此时正值深夜，街道上没有别人的踪迹，仿佛一直以来就只有我一个人。我站在原地，仰着头一直等着。这是我第一次这么渴望被丢出梦境，第一次这么渴望有人告诉我这是梦。可是我的脚却像树根往地下生长，耳边除了猎猎风响听不到任何呼唤。

相反数已经倒下，我再没有可以借助的躯体去创造新环境，这里再也不会有人，不会有天亮。

我想象着严芊在我床头向我说出一切真相，然后开门离开。她穿着红裙子在夜风里奔跑，身影裹挟着一道又一道的光，从此以后她的生活将会一片明亮。而我会在第二天被不耐烦的清洁工发现，法医、警察簇拥着我把我抬走。我会被火化，在父母不知情的哭声里消失，他们反复向亲戚们诉说我是个多么讨人喜爱的孩子，学校里很长一段时间流传着我的光辉战绩和我精神异常的谣言。

然后，等所有人都不提起我的时候，我的一生就结束了。

我将永远停泊在他们无法触碰的地方。

枯坐在梦境里的时刻，我走神走得无处可去，终于又一次不可避免地想起奶奶的铃铛，和那堂满是笑声的数学课。老师站在逆光的讲台上，用粉笔写出不同的符号，告诉我们什么是相反数。这是我奇幻旅程的起点。

相反数消失了，0 的相反数还是 0。

沙宫之下

DF05 被送进仓库这天，洋城发布了本月第四次沙尘暴预警。早晨起来，外头黄沙漫天，颗粒物打在窗户上，发出哗哗啵啵的声音。自小行星撞击后，沙漠像是被煮沸了，日夜往外溢泡沫。人们四散奔逃，受灾较小的沿海城市则一夜之间充满了人。房价物价疯长，本地人趾高气扬，大发灾害财。我怀疑窗户耐不住风暴，几次找房东要求更换钢化玻璃，而她瞪着我，皮肉一抖："少嫌这嫌那的，你知道这房子现在值多少钱吗？我是好心才留你住，等合约一到，你马上滚蛋。"

我知道她只是不舍得付那三倍的违约金。五年前我来到洋城，一口气付完全部租金的时候，她可不是这个态度。那时候我还是机器人设计师陈答非，做着世界上最有前途的工作，但如今我只是机器人修理工，被公司忽略，付不起下一年的房租，很快要被扫地出门。几字之差，天壤之别。

我在沙子鼓乐里穿好衣服，戴上护具，出门。驾驶机器人小路站在门口，看见我，屏幕闪过一道蓝光。它是我们公司的新产品，负责交通代驾，正在员工内测阶段，老板把这个麻烦的差事丢给我。我把车钥匙递过去："去拟乐科技。"
它屏幕又闪了闪，随后底部滚轴朝电梯口移动。

"路线规划成功，执行二方案。今日有沙尘暴预警，不
宜开窗。雾山路段拥堵，建议避开。车辆将从斜雁路出发，
行驶五百米后转向……"小路在电梯厢里喋喋不休地发出机
械音。

"闭嘴，你直接开就行了。"我不耐烦地说。

"对不起，程序规定，需将行驶路线完整汇报。"小
路说。

"你序列号多少？"

"HJ032。"

原来是胡吉的作品。这个古板的家伙，大学时就是过马
路一定要走斑马线的怪咖，如今做机器人也不懂变通。拜他
所赐，小路不超车也不抢黄灯，一路规规矩矩，我果然迟
到了。

为了免遭老板白眼，我直接去了仓库，门检员告诉我领
导刚来视察，我考勤没能瞒过去。我签收着新一批报修机
器，随口应付："没事，他早对我不抱期望了。"

比起这个，近期飙升的机器人报废率更让我忧心。自全
球被沙漠侵扰、天气骤变后，罹患抑郁症的人类越来越多，
每次沙尘暴来袭，都会有人主动爬到风暴深处，把自己掩埋
在黄沙中。如今机器人也有类似的行为，搜救队每个月要从
沙土里挖出一卡车报废品，情况堪忧。

沙漠对你们有什么吸引力吗？我头脑发闷，摘下护具走

进仓库，在一堆断胳膊断腿的废铜烂铁中间，一个完好的机器人站着。她用料精细，仿真皮肤和柔顺发丝把她打点得像个真实人类，可惜电源被切断，她双目无神，脖子上的报修卡写着：智能失控伤人，建议销毁。

我接上电源，机器人的眼睛亮起。

"警报：离家17公里，需尽快回位。"她的声音不像普通的机械音，听上去有模有样。

"你家在哪儿？"我问。

她面朝向我，眼球上下滚动："生人，谢绝告知地址。"

居然挺聪明。我觉得有趣："报一下序列号。"

"谢绝告知。"她仍不松口。

"不愿意说？行，那我再问一遍——"我伸手摸向她的后颈处，那是机器人的"执行端口"，俗称听话按钮，只要按下，机体就会无条件执行指令。

"警报：过密触碰！"我手指刚搭上按钮，她突然双臂弹直，迅速把我推开。我一个踉跄，后退两步，回过神才发现这个反应我异常熟悉。

"你是不是有'防侵害'系统？"我小心翼翼地问。她愣了愣神，有些意外。

我再度靠近她，她警惕地看着我，但迟迟没有行动。我手掌上移，动作轻缓，探入她的拟真发丝，在冰冷的头皮上摸索，耳朵上方三寸，几个凹凸字符纹路在我手指间浮现，那是我做设计时的习惯。

"检测你心跳过速，是否需要救援？"她问。

"不用。"我眼眶滚烫，声音颤抖。

头皮上的纹路，DF，陈答非。这是我的机器人。

印下这些字符，是在 DF 系列出厂的时候。那天我细细摩挲她们每一个人的机械头皮，做出检查成品的样子，其实食指中指间夹着一枚小型高温枪，在隐蔽处烙下自己名字的缩写，这是我最骄傲的作品。工作人员没发现，为机器人们装上不同颜色的拟真发和服饰，把她们领上车。老板开了一瓶香槟，跟我坐在一起，看车子从公司开出去，拐进城市不同角落。

"怎么样？有把握没？"他问我。

"当然有。这将是世界上最智能的机器人。"我回答。

那时候市场上已经有了各式各样的智能机器，现在才研发并不能抢占份额，但我以"DF 系列是会自主学习的，她一定能做到你无法想象的事"这个理由说服了老板。后来果然如我所愿，没到一个月，DF 系列便出现了机器人史上前所未有的伤人事件。一名客户投诉，称机器人智能失控，对他进行攻击，并出示医院的伤情鉴定书来证明此事。公司被推上风口浪尖，五个机器人宣告召回，统一销毁。我冲进办公室和老板理论，他并不退让。

"伤人是底线，答非。我很欣赏你的作品，但我们不能让任何有危险性的机器人在市面上流通。"老板看上去疲惫不堪。

"那不是故意伤人！是我设定的'防侵害'程序。如果

172

有人对机器人不轨，机器人会启动防御系统，把对方击晕。那个老色鬼不检点，被打活该！凭什么销毁我的作品？"

老板不可置信地看着我："你为什么要用这种程序？"

"我说过，我要做最智能的机器人，智能之一也包括保护自己。"我从未觉得自己做错。

老板沉默许久，最后说："你没权利这么做。机器人太过聪明，是对人类的冒犯。"

在那以后，几大科技公司开会，制定出暂缓开发智能机器人的方案，只提供服务性普通机器人。我被打发到仓库，从设计师变成了修理工。每天触碰比我奶奶年纪还大的机体，满手铁锈。再也不能像以前一样坐进窗明几净的工作室，一抬头就看见公司玻璃幕墙上那条巨大的"创造您的新时代好友"标语。DF 系列被销毁了，我没去现场看，只有胡吉跑来仓库，跟我描绘当时的情况。他说机器人被拆解后，所有设计师都围上去看我搭线的技术，把核心芯片找出来读取数据，研究编写程序。他们拆的拆拿的拿，最后熔烧机体时，好多材料都不见了。

"哥，我真替你生气。"胡吉声音闷闷的。

"怕什么，就算他们拿走，也做不出来和我一样的产品，"我拍拍他的肩膀，"好好干，以后设计部就剩你自己，可别丢我的脸。"

胡吉认真地应了一声，之后也一直争气。DF 项目失败后，公司转向研究生物科技，机器人沦为附属业务，设计部散了一批人，胡吉依旧选择留下，专心制作"HJ 代驾项目"。

虽然依照今早小路的表现来看，成果不尽人意，但这和性能无关，是机器人和持有者的适配度不高。

适配度决定持有者是否喜爱机器人，也是我先前在 DF 项目投入最大的部分。

"你的持有者叫什么名字?"我一边往前走，一边问 DF05。

"依依，杨晨依。患者备号 7615433。"她太久没启动，脚步机械而沉重，哐哐的声响在车库回荡。

"她是患者?"

"抑郁障碍，我负责看护和交流。"

"你们关系如何?"我停下来。

"我是她最亲近的人。"

DF05 告诉我，她出厂后即被送至杨晨依家庭，与杨晨依相处融洽。以至于公司要求召回机器人时，杨晨依脱下 DF05 的衣物，套在一个家政机器人身上，交了出去。她喜欢这个"新朋友"，不顾安全隐患也要保住 DF05，与她在一起。这对作为设计者的我来说是莫大的安慰。至少，我完成了我想做的。

"三个问题了，送我回去。"DF05 指了指我手中的车钥匙。

我反应过来:"原来你是这个目的。我还以为你知道我是你的制造者，准备跟我交心了。"

"这个世界上，我只信任依依。"

"我可没说要送你回家。"我拉开车门。

"你撕了报修单，打听依依的事，"她毫不客气地钻进车里，露出一个人类般通世而狡黠的眼神，"系统判定，你会帮助我。"

驾驶座上的小路听到声响，转过头来，屏幕上蓝光闪动，对新来者无比好奇。

"那说明你的系统还不够智能。我的得意之作失而复得，怎么可能再交出去？"我笑了笑，关上车门，偏头喊了一声，"小路。"

隔着玻璃，我看见 DF05 的身体在后座上警惕地直立起来。

"锁死车门，把她送回我家。"我挥了挥手，看车子缓缓驶出车库。

午饭过后，胡吉依照我的要求，来仓库给我送当初销毁 DF 系列时的记录文件。我正查杨晨依的资料，电脑上满是女孩的照片。胡吉调侃我："怎么？终于打算找一个啦？"我敲敲屏幕："看清楚了，人家已婚。"

资料显示，这五年杨晨依在 DF05 的帮助下病情好转，已经可以走出家门正常生活。她在某培训机构担任美术老师，一个月前认识王宇并与其交往，随后两人闪婚。王宇是无业游民，吃住都靠杨晨依的资助，结婚后不久便以"机器人伤人"为由把 DF05 送回厂。

"这姑娘选人眼光真差。"我察觉出端倪，感慨一声。

"人妻你还碰，哥，不厚道啊。"胡吉哈哈笑了几声。他如今会埋汰人了，公司乌烟瘴气，他跟着谁学了几嘴。我没搭理他，抽出他手里的存储卡，插进电脑。召回的五件机器人中，各有缺斤短两，核心芯片被拆得七七八八，怪不得混入一个家政机器人也没人发觉。我迅速浏览文件，胡吉在一旁试探地问："哥，你今天测试的小路……怎么样？"

"哦，这机器人完全是你的翻版，我的体验感很差。"我随口回答。

"唔。"他垂下头，有些失落的样子。

我看不惯他焉了吧唧的模样，想了想，把 DF 机器人还留存着的消息告诉他，立即重新调起他的兴致。他捶着我的肩膀，眼里波光跳动，像大学时第一次看我做出机器人手臂一样。那会儿他把我举起来，对着全班喊："看到没，我非哥就是牛逼！"后来我又经历了无数次成功，他一直看着我。

"你打算怎么办？重启 DF 项目吧！哥，你又能证明自己了！"激动之后，胡吉问我。

"黄老头不会答应的，"我说出老板的绰号，"他本来就抵触我做智能机器人。再说，他这几年忙着做生物科技项目，哪有时间管我。"

"你不说我还忘了，"胡吉从口袋里掏出一版胶囊，递给我，"项目已经完成啦，明天就正式投放市场。'人体臭氧层'，用来抵御沙尘暴的。服下它，会在身体外部新生一层保护膜，贴合安全，沙子打不着。我看你出门还在用护具，赶紧给你试试。"

我低头扫了眼，这胶囊长得与普通感冒药并无二致。

"洋城的沙子真是越来越多，我已经好多天没看见太阳了。"胡吉看着窗外洋洋洒洒的黄色，"新闻说自杀的人还在增加，老板也是因为这样才赶工上市，希望臭氧层项目可以改变点什么吧。人还是要有希望才行。"

比起我对智能机器的执念，黄老头好像做出了更好的选择。我不得不承认这点，但嘴上依旧开着玩笑："跟我说这个干吗？怕我付不起房租，也跟着去了？"

"哥，你是天才，要振兴机器人行业的。别放弃，房租我可以替你交。"胡吉表情严肃。

他居然当真了。我摇摇头："放心，我才不会那么想不开。"

悉数查清资料后，我走出仓库，才发现我的车就停在外头，DF05抱着手坐在副驾驶座，虎视眈眈地朝这边看。

我有些心虚地走过去："怎么还在这呢？小路坏了？"

小路的屏幕跳出曲折的一条蓝线，诉说被冤枉的委屈："16:23已从花溪街返回。"

花溪街，杨晨依的住处。

我下意识看向DF05，而她异常沉默。

前座被霸占，我灰溜溜地打开后座门，试图说话缓解尴尬的气氛。天知道为什么我和两个机器人之间还会产生尴尬。"你去了花溪街？怎么做到的？"

"智能联动系统。我侵入了HJ034的控制系统，拿到指挥权限。"

智能联动系统似乎只能对同型号的机器人使用，他们是相差五年的两代产品，怎么可能？我有些迷茫地回忆着，时间过去太久，就算是自己的设计也记不清晰了。

"那你……为什么还回来？"

"我感到困惑。"DF05 缓慢地说。

从小路复述的行驶轨迹中，我大概知道了事情原貌。车子开出公司，就顺着 DF05 设定的新路线驶去。她继承了我的性格，指挥小路横冲直撞，一路不带刹车，半小时就到达目的地。DF05 下车，朝眼前的屋舍走，正逢杨晨依出门。她挽着丈夫的胳膊，笑得像孩童，抬头看见 DF05，表情在脸上僵死，第一反应是抓紧了丈夫的袖子。

后来 DF05 重新坐上车，指令原路返回。

"为什么？"我不解。

"我到依依家第一天就读了她的日记，我的看护系统判定这样做有利于她康复。2028 年 4 月 1 日，依依日记——"DF05 的声音突然转变成童声，"'今天，爸爸妈妈说要分开住，妈妈买了一个棕色的熊娃娃，爸爸带了好多巧克力，问我要哪一个。我既想要熊娃娃，也想要巧克力。可是爸爸妈妈说不行，一定要选，我好苦恼呀，只好拉着妈妈，让她帮我选。'"声音又转回正常，"分析判定，依依潜意识里依靠哪方，就会做出拉扯动作。我已被放弃。"

看来这个机器人在我当初设定的程序以外，又自主学会了太多东西。

"你被送回厂，是因为遭到王宇侵犯，启动防御系统伤害了他，对吗？"我问。

DF05 一言不发。

"为什么宁愿被冤枉，也不把真相告诉杨晨依？"

"系统判定，保持沉默有利于维护依依的家庭关系。"

"你真是太智能了。"我摇头。

"那我为什么还会被放弃？"DF05 转头看向窗外，层层叠叠黄色的风浪倒映在她眼里。

"我也想知道答案。"我自嘲地笑了笑。

DF05 沉默片刻，突然发出了毫无感情的机械声："系统指令：机体与杨晨依解除持有者关系，持有权转让为——制作者陈答非。"

尽管我最初就想把 DF05 弄回家，但如今她真的跟我回来，我却浑身不自在。

今天早上是被电视声吵醒的。DF05 把电视开到最大声，端坐在沙发上，家里吸尘器洗衣机等电器都在运作。电视里播放着"人体臭氧层"销售火爆的新闻，主持人尖细得如同划玻璃般的声音逼迫我从床上跳下来。

"大清早的，你干吗？"我怒瞪着 DF05。

"你还有七分钟准备。系统分析，今天再迟到就会被免除这月工资。"DF05 表情淡然。

我一怔，反应过来，迅速奔向洗浴间。

匆忙洗了把脸，我在床铺上寻找昨晚脱下来的 T 恤，DF05 拎着一套熨烫妥帖的西装走到我面前，一只手臂伸展着，上面挂着十几条颜色各异的领带，"推荐搭配：SE 西服与深色条纹领带。"

"这是什么?"我皱眉。

"系统查询,你喜爱度最高的服装。"DF05 露出一个标准的机械笑容。

"你见过哪个修理工打领带工作的? 把我的 T 恤交出来。"

"喜爱度低的衣着已在一小时前全部销毁。"

"……"我终于知道我刚在浴缸里看见的一堆布条是什么了。

托她的福,我最终西装革履地踏上车。少了 DF05 的指挥,小路又回归温吞的不超车状态,气得我扬言要拆了它。午饭时我把这段波折告诉胡吉,他嘻嘻哈哈笑着,安慰我:"行了,就当回忆青春呗。你今天这一穿,好像回到五年前。那会儿你就是这样,穿得人模狗样,说话咄咄逼人。把整个部门骂一遍,然后自己上手做一个最漂亮的。所有人都看着你,都信你,我就跟在你后面,看你跟发着光似的。"

这样想想,这套西装是我五年前最常穿的。它陪我征战四方,度过了无数个制作 DF 的夜晚。那时候我坚定地相信,我和我的机器人会改变这个世界,可事到如今,我什么也没有改变,只是和世界一起越变越糟。

我心里有些惆怅,我已经好久没有发着光的时候了。

食堂大屏幕放映着昨天沙尘暴的受灾情况,主动前往沙漠中心的机器人在不断增多。专家分析,这可能是某种预示,就像地震前蟾蜍集体搬家一样。听到这个消息,许多人抬起头来看屏幕，但很快视频切成了"人体臭氧层"的广告。这个项目风头正劲，抵御沙尘暴的武器比沙尘暴灾害更让人激动。

黄老头的脸出现在镜头上，他红光满面发表演讲，说人体臭氧层已经研制五年多，为了救人民于水火，艰苦奋斗，如今终于成功，感谢社会各界支持。并亲自示范了人体臭氧层的使用方法。他吞下一枚胶囊，走出门外，立在狂暴的沙尘中，身体外圈显出一个蓝色的轮廓，沙粒打在上头，轻飘飘地绕过，飘走了。他像是被洋流运动包围的岛屿，不动如山。媒体对着这一场景猛拍，投资入股这个项目的其他几家科技公司负责人正热烈鼓掌，专家在一旁煞有介事地分析：这是科技界通力合作的伟大成果，有了这项新技术，因恶劣环境而失望自杀的人群会骤减，人类又迎来了新希望。

吃过饭，我和胡吉各自奔赴工作岗位。新一批报废机器人传送到仓库，是从昨天的沙暴里捞出的。我费力地从废铜烂铁里拎出一个还算完整的桶型机器人，他在断电时保持拢抱的姿态，后背外壳被沙浪打得坑坑洼洼，漏进满肚子的黄沙，前胸的外壳却几乎完好。我掰开他拢抱的双臂，在机械手指间发现一根缠绕的黑线。

是一根人类的头发。

我怔住。难道后背受损前胸完好的姿势，是在抱着什么人吗？

我从电脑里调出报修记录，数据显示，损坏原因是"沙暴侵袭"的机器人，无一例外生产于五年前。那是一个还有智能机器人的年代，我心里闪过诸多联想。

当我正费力地拼凑真相，眼前的电脑屏幕突然跳出一个通话邀请，IP 地址来自我家。我点击接通，DF05 无头苍蝇般乱转的身影显现在眼前，背景的墙面上投射着一段影像，地点似乎是一个房间，镜头里两个人在争吵，人影剧烈地晃动着。

"你在看什么？"我问。

"杨晨依正遭受家暴。她尚未解除与我的持有关系，从程序看来，我还是她的机器人。我需要向现持有者申请外出。" DF05 说的话因急促而气息不稳。

"你哪来的影像？"

"我在杨晨依家安装了 25 个摄像头，个人物品上放置了 17 个定位坐标。"

"为、为什么？"

"我的看护系统判断这有利于保证她的人身安全。"

这是侵犯隐私吧，我可没给你设定过这种程序。我无奈地想着，突然意识到她说出了一个重要问题——

"你刚说你要外出，为什么？"

"机器人发现主人遭受伤害，系统会强制机体跟随保护。"

我脑袋里嗡声骤起。

我赶到黄老头办公室时，他刚接待完媒体，正瘫坐在老板椅上养神，对我的突然造访十分惊讶。

"稀客啊，你怎么来了？"他笑得慈眉善目，和记忆中无异。

"我申请再次开发智能机器人！"我听到自己的声音因为激动而颤抖，"我刚刚发现，他们已经学习了如何保护持有者，如果给抑郁患者配备，将有效遏制他们进入沙漠自杀的行为。"

黄老头依旧保持微笑，沉默地看着我。我手舞足蹈地又说了好一会儿，逐渐意识到异常，缓慢明白过来："……你早就知道了？"

"不算太早，大概三年前吧，"黄老头不置可否，淡然地给我倒了杯茶，"报废的机器人经查明，都有一个进入沙暴自杀又被救回来的主人。只可惜那种能见度下，没有人知道是谁伸出的援手。这件事也就一直没人发觉。"

"既然你知道机器人可以挽救生命，为什么不启用？"

"那个时候，臭氧层项目已经开始了。只有轻生行为频发、恶劣的生存环境才会被重视，项目也就更加值钱。我和几大公司商量过，认为现在保持沉默比较划算。毕竟，DF项目失败以后，公司的财政问题的确不容乐观。"黄老头表情平静得像只是给我做了道算术题。

"你就为了一桩生意，宁愿看那么多人去送死？"寒意从我心里拔节而起。

"不必把我说成凶手，我只是个商人。自杀是他们的选择，而我也只是做出了我的选择。"

我无言以对，怔怔地看着黄老头，想起我最初面试的时

183

候。那会儿我还是个心高气傲的学生，坐下来就开始批评拟乐科技的科研精神，一旁的人事经理脸都绿了，黄老头还是笑眯眯的模样，认真听我的发言，在其他主管要把我赶出去的时候拦下他们，语气温和："小伙子，你说得很好，要不要试试和我们一起改变世界？"

那时候他不是这样的。

"我不明白，我要说出真相。"我的声音听上去很沉重。

"你有更好的选择，"黄老头早有预料般笑着，"等臭氧层项目融资成功，我们会拨一笔经费，用于重新启动智能机器人开发项目。我们需要他们来稳定病患的情绪，配合臭氧层效果，轻生人数会大幅下降，两个项目的价值都会受到肯定，这是个双赢局面。"

他站起来，按下墙面按钮，厚重的丝绒窗帘缓慢升起。今日天气稳定，空气中只有稀薄的沙尘，朦朦胧胧的黄色里，巨大的拟乐科技 LOGO 无比耀眼。

"那个项目，我已经决定让你做总设计师。只要忍过这几天，你想要的荣耀，智能机器人的正面形象，以及公司和社会的利益，都可以实现。如何？要不要试试？"

我不是什么好人，我从小就知道。

初中学年考试，我和隔壁中学一个家伙争夺第一名。他的脸我见过几次，总是一副笑呵呵的傻模样，模拟测试成绩高我两分。那时候沙尘暴还未在洋城肆虐，每天能看到太阳，起雾的天气，空气里是海水的气息。考试当日，他也许是看人阳太入迷，踏着自行车偏离道路，撞上墙面磕伤腿，无法站立。

我和他分在一个考点，因此一分钟后，嘴里背着必考古诗文的我就骑车出现在相同的路口。他坐在地上，看见我，远远地冲我招手，脸上依旧是傻笑。我的后座是空的，可以载他一程，但平时骑车东张西望的我那一刻目不斜视地越过了他。课本里那些圣贤礼教，突然之间，什么都想不起来了。

我越过了他。

醒来时，鼻腔里好像还残留着海水的味道。

"心跳加快，神色惊惧，非正常苏醒，系统判断你做了噩梦。"DF05站在我床边。

"我不喜欢被人监视，以后不准进我卧室。"我语气生硬。

"抱歉，照顾杨晨依时我必须每晚监测她的心跳，确保她没有吞服安眠药。"

"别再提杨晨依。"我心底腾起一股烦躁。

DF05识趣地闭嘴。自从那天我阻止她外出保护杨晨依之后，她似乎已经意识到我做出了某种决定。如今，谁也不能提醒我智能机器人的功用。她把熨帖好的西装放在床头，转身走出我的房间。这是我向公司告假的第五天，DF05依旧准备好每日用品，让我无端怀疑她在暗示我什么。

电视播放着寻找失踪人口的实时新闻，我立即换台。第五次沙尘暴从昨天开始，今天依旧不见停，道路上堆积的沙

185

尘每隔十分钟就要清扫一次，查明失踪的人连连攀升，所有人都知道他们去了哪里。新调出的频道在介绍臭氧层项目的进展，这项技术在各国流通，前景一片大好，镜头里每个人都喜气洋洋，仿佛看不见窗外狂卷的黄沙。这样恶劣的天气，却有不少人故意站在露天场合，兴奋地测验身上淡蓝色的臭氧层膜。

这样就好吧，人们充满希望，世界会越来越好。我一边吃早餐，一边对自己说。

吃完最后一口，胡吉刚好打来电话。接通时，他站在几天没人处理而满满当当的公司仓库，一脸惊异："哥，怎么回事？你没来上班？"

"我这几天在休假，"我尽量让自己的口气听上去平常，"怎么了？"

"今天是小路内测截止的日子，要把它带回部门准备上市……"胡吉迟疑着。

我把这码事忘了。"我现在带它过来。"

打开房门，已经在门口待机五天的小路兴奋地跃起蓝光。房东催缴租金的纸条一天天贴在门板上，如今掉落一地。我把它们捡起来，用力捏着，告诉自己得坚定想法。DF05跟在我身后，一副要出门的样子。

"你凑什么热闹？"我看着她。

"系统判定，你今日情绪不佳，需要陪同出门。"

"别把我当抑郁症患者看，我好得很。"

DF05沉默，没有退回去的打算，跟着我上了车。外头狂沙大作，路况极差，小路走走停停，在一个路口彻底熄火。

"前方能见度极低，禁止通行，正在为您更换线路。"小路传来委屈的声音，眼前屏幕跳出本市地图，各条路线陆续打红叉。DF05望向车窗，玻璃被沙粒划出不规则纹路，她好奇地看着。我的手机传来一条简讯，是黄老头发来的：融资已完成，感谢合作，下午来公司签合同。

我手指微抖，右滑屏幕删除信息。

"依依！"DF05的身体突然弹起，整个人扑在窗户上。

我顺着她的视线望过去，漫天黄沙里，杨晨依瘦小的身影出现，她双臂挡在面前，艰难地向前走，没有戴护具，身上也没有蓝色膜层，沙子轻松划破她的衣服。

她要去哪儿？我心里有不祥的预感。

"HJ034，跟上去！"DF05果断下令。

"前方危险，禁止通行！"小路态度坚决。

DF05猛然转过身，看着我。我知道只要得到我的允许，她就会马上冲下车，尽管持有权在我手里，可她始终是属于杨晨依的智能机器人。

不知怎么的，我觉得有些难过。

"我要申请外出。"她说。

"她说不定只是去买东西。"我抗拒着某个现实。

"系统判断，依依抑郁症发作，我要跟随她。"

"她已经放弃你了。你明白吗？"

她依然看着我。我低头划拉空白的手机屏幕，装作忙碌的模样。杨晨依的身影缓慢地越过我们，变得越来越小。我听到自己逐渐放大的心跳声，扑通，扑通——

"路线规划成功。"小路在此刻拯救了我，车子调转方向，驶离路口。

见到胡吉的时候，我明白上天对我的考验还没结束。

人体臭氧层项目热卖，公司加速生产，一箱又一箱的臭氧层胶囊堆放在仓库等待配送。胡吉待在仓库，高举着手，背后的电脑开着，显示查询报修记录的页面。他和堆积成山的报废机器人站在一起，距离我十几个箱子，但我依然看清了他手里的东西。

他握着那根轻飘飘的，人类的头发。而我的心沉下去。

"这是你不来上班的原因吗？"同为设计师，他已经明白这根头发的意义，"为什么不说出来？"

"还没到时候。"我艰难地挤出笑容。

"已经有上千人自杀了！"胡吉的声音微微哽咽，"你竟然无动于衷？"

"就算我说出来，有什么用？让智能机器人代替他们去送死吗？"我摆出这些天来我一直用于说服自己的观点，"是他们要伤害自己，凭什么浪费我的心血？"

我怀里抱着的小路感受到气氛变化，屏幕跳着不稳定的蓝光。

"你怎么会这样想？你说过要创造人类新时代的朋友，既然是朋友，就应该互相保护啊……"胡吉看我的眼神，像一个居高临下的圣人在可怜误入歧途的蝼蚁，令我心生厌烦。

"那你呢？你保护我了吗？"我嘲笑地说，"DF05可以通过智能联动指挥小路，我一直不知道为什么，后来我明白了，是因为小路的核心芯片和她一样吧？口口声声说朋友，可当初DF系列熔烧的时候，你和他们一样，偷拿了我的技术。"

胡吉怔住，半天说不出话，整张脸憋得通红，眼里晃荡着水盈盈的亮光。

我把小路放下，转身打算离开这个恼人的地方，胡吉突然又叫住我。

"对，我承认。我是偷了你的东西。从大学开始，你就无比优秀，我怎么追都追不上，只能跟在你后面学。你做机器人的时候特别较真，我做错事，你就会狠狠骂我，嘲讽我。我那时觉得，我可能一辈子也做不出好机器人吧。所以DF系列销毁的时候，我鬼迷心窍，想着，如果偷点你的东西，我就可以做出让人满意的作品。

"可最后，你还是不喜欢小路，我也没能成为优秀的设计师。现在想想，只要当初你把用在机器人上的心，拿出一点点分给身边人，看见我，鼓励我，让我找到希望，我也不会做出那种选择。你知道希望是件多重要的事吗？我也想堂堂正正地成为一个好设计师啊。"

我从未听过胡吉一口气说这么多话。在我的印象里，他还是那个傻乎乎的、笨手笨脚的小跟班，但他此刻的眼神，却充满我看不懂的复杂。他越过大大小小的箱子，来到我面前，指了指小路，说："这不该是我的东西，还给你。"然后便头也不回地走出仓库。

大门重新关上，一屋子报废机器人和胶囊箱与我面面相觑。小路迷茫地在原地打转，我弯下腰把他重新抱起，眼角余光瞥到那个拥抱状态的桶型机器人。断电以后，它就固执地、永恒地保持了这个姿势。

当时被你护住怀里的女孩，一定很安心吧。

小路感受到我的温度，屏幕上蓝光打出"＾＾"的喜悦符号，也许我和它的适配度已经提高了。

"如果我受伤，你也会来保护我吗？"我看着他，不自觉喃喃道。

小路伸出两只伶仃的机械臂，学着我的样子，抱紧了我。

——只要你把用在机器人身上的心。

——拿出一点点分给身边人……

我把脸埋在小路怀里，他很快发出声音："检测到泪水成分。答非，不要难过。答非，我陪着你。"

——你知道希望是件多重要的事吗？

比前途、财富、荣耀，都要重要吧……

——我也想，堂堂正正地成为一个好设计师啊。

"快！拦住他！"

门检员按响警报器的时候，黄老头刚给我发来消息：到哪了？投资人已经到了。

而此刻，我和小路正一人扛着两箱臭氧层胶囊，从仓库奔出，朝车库夺命飞跑。

"他偷了新产品！拦住他！"

黄沙噼里啪啦打在我身上，小路的钢板被砸出一个又一个凹槽。拦截我们的人影从四面八方冲出来，场面如同灾难片。

"你有武打系统吗？"我问小路。

小路疑惑地发出嘟嘟声。

"算了，胡吉这种死脑筋，量他也不会做。"我笑了笑。

公司巨大的玻璃幕墙二楼，似乎有人站在窗边，长久地看着我。

跌跌撞撞赶到车库，我们已经衣衫褴褛，狼狈不堪。被我锁在车上的 DF05 惊讶地看着。

"这是臭氧层胶囊，你们快去救人！现在沙漠里肯定有不少轻生者，见到一个你就给他吃一粒，可以避沙保命，"我匆忙地向 DF05 介绍着，"小路，上车！"

小路乖巧地爬上驾驶座。

"你需要治疗。"DF05 指着我手臂上潺潺流血的沙石划口。

"一会儿再说。你现在赶紧出发。"

"系统判定，如果我现在带这些东西离开，你将会受到处分。"DF05 定定地看着我，"我拒绝行动。"

"处分而已。再晚来不及了！"

远处大批的人影闪近，手里挥舞着棍棒型的物体，吵吵嚷嚷地朝这里跑来。

"你有危险，我拒绝行动。"DF05语气坚决。

我一把拉过DF05的脑袋，手指搭在她的后颈处，按下听话按钮。这一次，她没有推开我。

"去沙漠深处，去救杨晨依，去救那些绝望的人，把他们安全带回来。"我在DF05耳边说。她的眼睛迅速跳动着白光，这是"执行端口"启动的标志。

"明白。"她回答。没想到我第一次强制使用执行令，居然是为了让机器人离开我。

"小路，一路向前开，这一次不准刹车，不准换路，不准等灯！给我开足马力一路超过去！"我已经听到脚步声。

"明白！"小路扭动钥匙，引擎轰鸣。

"系统分析，你会后悔的。"DF05隔着车窗看着我。

"也许吧。"我微笑道，正准备说后半句话，脚步声在我身后停下，我的背顶上一条坚硬的棍子，随后麻酥的电流瞬间传导至全身。

失去意识的前一秒，我的车用最快速度朝着风浪腾飞出去，扑进深深的沙海中。我安心地闭上眼，似乎再次看到梦里那个高我两分的少年。我骑车经过，他捂着腿，自行车歪在一边，不好意思地冲我笑。

这一次，我停下来，朝身后的空座努努嘴。